망하는 데도 **한계는 있다**

정지음 에세이

낮은산

차례

참스승 김 대감

나는 정말이지 학교를 싫어하는 아이였다. 교우 관계도 원만하고 학업 스트레스도 없었지만, 매일 목적도 없이 똑같은 곳에 가야만 한다는 걸 이해할 수 없었다. 중학교 땐 반발심이 극에 달한 나머지 매일 아버지와 다퉜다.

"나 학교 안 갈래."

"네가 의무교육을 다하지 않으면 내가 감옥에 간다."

"그럼 아빠가 나 대신 학교 가."

"넌 그게 출근하는 애비한테 할 말이냐?"

40세의 아버지와 14세의 나는 무가치한 밥상머리 싸움에 자주 힘을 뺐다. 사이가 나쁨에도 아버지는 매일 아침 출근길마다 나를 챙겨 다녔다. 뺀질대는 둘째 딸을 자기 손으로 직접 등교시켜야만 안심이 되었던 것이다.

그러나 당시 나의 취미는 탈주였다. 나는 시무룩한 얼굴로 발을 질질 끌며 걷다가, 아빠 차 꽁무니가 사라질 때쯤 민첩하게 학교를 빠져나왔다. 그땐 내가 원숭이띠인 것도 조금쯤 운명적으로 느껴졌다. 나는 담을 아주 잘 탔고, 그런 짓을 하다 높은 곳에서 떨어져도 우끼끼 웃어넘길 줄 알았다. 돌이켜 보면 정말로 사람보단 꼬마 유인원에 가까웠던 것 같다.

용돈을 바닥내고 교실로 돌아가면 수업 몇 개는 이미 날아가 있었다. 학교는 내 행동을 '무단 지각'이라 명명하고 늦은 시간만큼 나머지 공부를 시켰다. 어떤 날엔 가장 늦게 가는 선생님보다도 더 오래

남아 있었다. 지금은 어림도 없을 일이지만 2005년 무렵엔 그것도 온건한 처사였다.

　엄밀히 말하자면 난 지각생은 아니었다. 그래도 지각생들과 어우렁더우렁 섞여 반성문을 쓰고 놀았다. 그 모습이 지나치게 즐거워 보였던 걸까? 지각생들은 곧 몰려 있지도 못하게 격리 수용되었다. 독방에 갇혀 보니 학교가 감옥에 비견되는 이유를 알 것 같았다.

　그때 난 망연히 흰 벽을 마주 보며 딜레마라는 개념을 배웠다. 학교에 오면 내가 직접 갇히고, 학교에 안 오면 아빠가 이런 데 갇히는 거구나. 이러니 학교 생활만 무난하게 잘 해도 효도라고 쳐 주는 모양이었다. 깨달음에 이른 나는 아버지 얼굴을 떠올리며 뜨거운 눈물을 흘렸다. 효도고 나발이고 어쨌든 나는 여기 있고 싶지 않았다. 둘 중 하나가 꼭 갇혀야 한다면, 나보다 훨씬 더 에티튜드가 좋은 아버지를 추천하고 싶었다.

그렇다고 진짜로 부모를 제물 삼을 순 없는 노릇이니 다른 대책이 필요했다. 방과 후 징역의 가장 큰 문제는 그 시간이 아주 지루하다는 거였다. 난 나름 베테랑이었기 때문에 반성문 쓰는 속도가 빨랐다. 소일거리가 순식간에 동나 버렸다는 얘기다. 공부 같은 건 선택지에 없었으므로 궁여지책으로 만화책을 떠올렸다. 아직 만화 대여점 문화가 살아 있던 시절이었다. 서점처럼 만화책들을 구비한 책방에 가서 권당 300원만 내면 누구나 재미있는 만화책을 1박 2일 대여할 수 있었다.

결국 나는 아침마다 나머지 공부 시간에 볼 만화책을 미리 빌려 가게 되었다. 읽을거리가 생기니 은근히 저녁 시간이 기다려지기까지 했다. 그러나 만화책은 몇 장 펼쳐지기도 전에 감독 선생님께 적발되고 말았다. 운이 나빴다. 매일 바뀌는 감독 선생님이 그날 하필 '김 대감'이었던 것이다.

'김 대감'이란, 그분이 나만 보면 조선시대 천것

보듯 호통을 치는 데서 영감을 받아 내가 직접 지어 준 별명이었다.(물론 본인은 몰랐다.) 김 대감은 만화책을 압수하며 네가 정녕 미친 것 같으니 반성문을 더 써야 한다고 으르렁거렸다. 나는 영락없이 깊은 절망을 느꼈다. 욕먹어서가 아니라 반납이 안 되면 다른 만화책을 대여할 수 없기 때문이었다. 심지어 한 권당 100원씩 일일 연체료도 물어야 했다.

만화책 탈환이 시급해진 나는 부랴부랴 반성문에 항복의 언어를 휘갈기기 시작했다. 그런데 마음에도 없는 말을 적다 보니 모든 것이 지긋지긋하다 못해 화가 치밀었다. 소녀들에겐 종종 눈알이 도는 때가 온다. 짜증, 당황, 분노, 민망함, 무력감 같은 것들이 뒤섞여 소녀 모양의 불도저로 변하는 시간 말이다. 처음 애절한 호소로 운을 뗀 반성문은 갈수록 다중 인격자가 쓴 것마냥 울고 웃고 화내고 난리 치는 글로 변해 갔다. 내가 보기에 그 반성문은 명백한 종이 낭비였다. 너무 되바라진 데다 결과적으로 반성문이 아니었기 때문이다.

　그러나 김 대감 선생님은 화를 내지 않았다. 더 이상한 건 원숭이 잡문에 대한 그녀의 소감이었다.

"와, 너는 나중에 작가 하면 되겠네. 장난 아니다, 야."

　나는 내내 어리둥절하다가, 오랜 시간이 지나서야 그 말이 칭찬이라는 걸 깨달았다.

　어쩐지 목울대가 뜨거워졌다. 여태까진 아무도, 그 누구도, 심지어 나 자신조차 내 미래를 긍정적으로 점쳐 본 적 없었다. 수많은 어른이 커서 뭐가 되려 그러냐 다그치면서도 내 대답을 기다리진 않았다. 그들이 아는 '뭐' 속에 내 몫은 없어 보였을 것이다. 실은 나도 마음속으론 동의하고 있었다. 책상에 몇 시간 앉아 있지도 못하는 아이에게 제대로 된 직업이 주어질 것 같진 않았다.

바로 그때 김 대감의 한마디가 오랜 체념에 파동을 일으켰다. 그 후로는 물음표가 많이 붙는 대답이 가능해졌다. 그러게요, 저는 커서 뭐가 될까요? 어쩌면 작가가 될 수도 있지 않을까요? 왜냐면 적어도 한 명은 내가 작가가 되어도 좋다고 여기는 것 같으니까요. 나는 뻔뻔해지면서 희망을 배웠고, 희망에 먹이를 주면서 실은 그것이 별로 사납지도 두렵지도 않다는 걸 알게 되었다. 언젠가 김 대감 선생님을 다시 만난다면 이제는 예쁜 마음으로 정갈하게 써 내려 간 글도 보여 드리고 싶다. 저는 정말로 작가가 되었는데, 덕분인 것 같다는 고백과 감사 인사도 함께.

나에게는 초능력이 있다

초등학교 4학년 때 사소한 이유로 남자애와 맞붙은 적이 있다. 학교 끝나고 집에 가는데, 같은 반 노상식(가명)이 뒤를 쫓아오며 내 책가방 밑동을 재차 발로 차는 것이었다. 그 결과 가방 속에 들어 있던 우유가 터지고 말았다. 사물함에서 며칠 묵힌 썩은 우유였다. 시큼털털하게 젖어 버린 교과서, 공책, 필통……. 마침내 엉덩이까지 축축해진 순간에는 저 하늘 어디선가 상식이를 따 버려도 좋다는 계시가 들려온 것만 같았다.

어려서부터 ADHD 성향이 다분했던 나는 평소에도 감정 조절이 쉽지 않았다. 기분이 급격히 고조되거나 바닥을 칠 때가 많았고, 특히 불쾌한 감정을 성숙하게 다루질 못했다. 이날은 어째선지 특히나 감정의 롤러코스터가 최고 속도로 하강하던 중이었다. 짓궂은 상식이가 사과하는 대신 조롱하는 조의 춤과 노래를 선보이는 바람에 결국 주먹다짐이 벌어졌다.

나는 힘이 세지만 기술이 없었고 놈은 잽싸고 얍삽한 대신 비실비실했다. 결국 우리는 서로에게 쥐어뜯길 대로 뜯긴 채 무승부 사태에 직면했다. 나는 우유 테러범에게 잊지 못할 교훈을 주고 싶은 나머지 거의 이성을 잃었다. 그때였다. 내 입이 저절로 상소리를 내뱉기 시작했다.

"××. 야 이 ××××야. 나한테는 초능력이 있어. 내가 진심으로 미워하는 사람을 쥐도 새도 모르게 없애 버릴 수 있다고. ××, 두고 봐라. 니는 내일 하늘나라에 갈 테니깐!"

"웃기…… 구, 구라 치, 치시네."

놀랍게도 상식이는 언어터질 때보다 크게 동요했고, 나는 눈알을 있는 대로 희번덕거리며 쐐기를 박았다.

"아니? 아니? 아니이? 구라 아닌데? 오늘 밤에 널 제거해 버릴 거야아아악-!"

찌그러진 우유 팩을 패대기친 채 집에 돌아온 나는 일단 쭈글쭈글해진 책이며 공책들을 드라이기와 고데기로 수습했다.(의외로 냄새가 심하지는 않았다.) 몇 백 페이지의 종이들을 한 장 한 장 펴는 것은 꽤나 고된 노동이었지만, 하다 보니 또 단순노동 특유의 뿌듯함이 있었다. 미소가 돌아오자 분노는 빠르게 식어 버렸다. 밥까지 한 솥 먹으니 포만감이 집 나간 이성을 데려온 것마냥 평온해지기도 했다.

그러나 초서녁쯤에는 불안감이 엄습해 왔다. 정말 혹시라도, 만에 하나라도, 말이 씨가 되거나, 내게 진짜 초능력이 있으면 어쩌나, 진지하게 걱정이 되기 시작한 것이다.(당시 난 11살이었다.)

결국 나는 상식이가 진짜 죽어 버리기라도 할까 봐 잠을 설쳤다. 늘 창의력과 상상력만은 꽤나 좋은 편이었고 바로 그 점이 나의 최강점이자 재앙이었다. 그날 밤은 내내 이렇게 죽은 상식이와 저렇게 죽은 상식이…… 죽지는 않았지만 정말 딱 죽지만은 않은 여러 가지 버전의 상식이가 나를 괴롭혔다.

내가 왜 그런 나쁜 말을 했을까? 이래 봬도 나는 소녀인데. 아무도 가르쳐 주지 않은, 그런 깡패 같은 욕들이 어떻게 가능했던 걸까? 너무 검은 말들을 해 버려서 혀뿌리가 썩을 것 같았다. 깊이 후회되었으나 소용없었다. 말이란 엎질러진 물과 같다더니, 전혀 달랐다. 물은 감쪽같이 닦아 내고 다시 따를 수나 있지 말은 다시 한다고 지난날의 과오가 사라지는 게 아니었다.

그때 난 처음으로 내 머릿속에 '개떼'가 있을 거

라는 결론에 도달했다. 그런 나쁜 말들을 '내가' 했을 리 없으니 '개가' 했다고 보는 것이었다. 말이란 결코 물이 아니었지만, 물처럼 휙휙 모양을 바꿀 순 있었다. 'ㄴ'을 'ㄱ'으로, 자음 하나 갈아 치우니 실언의 책임 소재가 달라져 버렸다.

다음 날 아침에는 정수리에 먹구름을 잔뜩 매단 채 학교로 달려갔다. 다행스럽게도 상식이는 어제와 다름없이 제자리를 지키고 있었다. 유령 상태도 아니었다. 그러나 멀쩡한 것은 목 아래뿐으로, 얼굴에는 짙은 근심이 서린 채였다. 돌이켜 보면 그 앤 사람을 화나게 하는 장난을 자꾸 칠지언정 본성은 순수했던 것 같다. 내가 내게 초능력이 '있을지도 모른다'고 의심할 때, 상식이는 아예 '있다'고 철석같이 믿어 버렸으니 말이다.

그날 우린 한마디도 나누지 않았으나 자꾸만 눈이 마주쳤다. 나는 상식이가 여전히 멀쩡한지 흘깃

거렸고, 상식이도 내가 자길 실시간으로 해치고 있을까 봐 긴장을 놓지 못하는 듯했다. 차라리 이렇게 영영 멀어지는 것도 괜찮겠다는 생각이 들 때쯤, 모르는 번호로 문자 한 통이 왔다.

[정지음 나 노상식]
[미안해 이제 안 괴롭힐게 그러니까 제발 저주하지 말아 줘]

나는 대답하지 않았다. 지금으로선 상상할 수도 없지만, 당시만 해도 문자 한 통당 일일이 과금이 되던 시대였다. 달마다 주어지는 50건 미만의 문자 건수를 소진하고 나면, 상식이가 아니라 상식이 고조할배가 와도 대답해 줄 수 없었다. 그러나 상식이는 나의 무응답을 오해한 모양이었다.

결국 난 쭈뼛쭈뼛 내 자리로 다가온 상식이에게서 대면 사과까지 받아 냈다. 어린이의 마음은 왜 이리 얄궂은지……. 그냥 나도 미안했다고 하면 될걸, 그 말이 나오지 않아 끝까지 저주를 걸 수 있음에도 아량으로 봐주는 척했다.

어느덧 그날의 우유 전쟁으로부터 20년가량의 세월이 흘렀다. 나는 이제 어린 날의 창백한 상식이 대신, 인스타그램 한구석에 '알 수도 있는 친구'라고 뜨는 상식이의 아이디를 흘깃거린다. 몰라보게 남자다워진 상식이는 여자 가방을 발로 차는 대신 여친 가방을 들어주는 젠틀남이 되어 있었다. 무사히 서른을 넘긴 상식이를 보며, 다시 한번 내가 마녀가 아님에 감사했다. 나는 그날을 기억해도 상식이는 전부 잊었길 바라며 친구 신청은 하지 않았다.

나는야 내 친구

한동안 마음을 다 줬던 친구가 뒤에서 날 흉본다는 제보를 받았다. 전해 듣기로 제법 센 수위의 비방이었다. 애석한 일이었다. 나는 언제 어디서든 그 애를 칭찬하고 다녔기 때문이다. 누가 그 애를 흉볼 때도 나만은 쌍둥이 자매라도 되는 듯 감싸고 돌았다.

　우리 사이에 불순물은 하나도 없다고 믿었는데.

　배신감.

　내가 또 사람을 잘못 봤구나, 하는 실망감이 스쳤다. 그러나 오랫동안 슬퍼하지는 않았다. 인간관계에서 이런 일들은 해가 뜨고 지는 것처럼 반복되기 때문이다. 나라고 날 때부터 익숙했겠냐만 운명은 강제로 날 훈련시켰다. 덕분에 난 뭘 하든 어차피 욕은 먹는다는 것, 그 과정에서 내가 잘했고 잘못했느냐는 의외로 중요치 않다는 것, 특히나 갈등은 서로에게 아주 다른 모습으로 기억된다는 것을 배웠다. 따라서 지구상에 같은 사건이란 없다. 내가 기억하는 일과 상대방이 기억하는 일은 독립된 두 가지의 에피소드일 뿐.

실제로 대통령도 대기업 회장도 최고의 아이돌도, 심지어 예수나 부처도 욕을 바가지로 먹는다. 욕을 안 먹는 삶이 오히려 판타지의 영역인 셈이다. 이 지구에서 욕이란 공기와 같이 자연스러운 것…… 다만 나쁜 공기이니 최대한 덜 들이켜야 좋은 것…… 정도로 인식하다 보면 누가 날 험담하는 일에도 점점 면역이 생긴다.

내가 알기로 날 향한 태초의 욕설은 아버지 입에서 나왔다. 세 살 때, 머리가 산발이 된 채 어린이집 하원 차량에서 우다다 뛰어오는 나를 안아 주며 아버지가 이렇게 말했다는 것이다.

"애기가 왜 이렇게 미친년처럼 뛰지?"

(엄마가 뭐라고 대답했는지는 알 수 없다. 그러나 나의 변호사가 되어 주진 않은 것 같다.)

그 한마디에 어떤 예지력이라도 깃든 걸까? 난 살면서 유독 미쳤다는 욕을 많이 먹는 아이가 되었다. 정확히는 '미친놈 같다.'거나 '미친 새끼인 줄 알았다.'라는 식으로 우회되곤 하는 말들이었다. 처음엔 당연히 속상했다. 어리둥절했다. 다른 사람들이 그러하듯 나 역시 나름대로는 생각이란 걸 하며 살았기 때문이다. 하지만 내가 아무리 삶을 갈고닦고 최대한 나를 꾸며 내도 안 되는 영역이 있었다. 매순간 긴장하며 지내도 상식과 정상이라 불리는 곳에는 오래 머물러 있을 수가 없었다. 이것이 전부 ADHD 때문인지, 그저 나란 사람의 주성분이 결함이기 때문인지는 모를 일이었다.

부모님은 항상 똑바로 살아야 한다고 가르치며 '네 인생은 너의 것'임을 강조했다. 그러나 나는 늘 그 말의 진위를 의심했다. 인생이 정말 내 것이라면 마음대로 되는 부분이 있어야 하는데 턱도 없었기 때문이다. 인생이란 건 내 소유물이라기보다 등허리 어디쯤 진득하게 들러붙은 업보 같았다. 내다버릴 수도 없고 뜯어낼 수도 없었다. 내가 뜬눈으로 지새우든 말든 다음 날은 왔고, 내 눈에서 비가 내리든 말든 바깥 해는 쨍쨍했다. 마음의 날씨와 세상의 날씨가 너무 다르니 얼굴에는 자꾸 그늘이 졌다.

그러던 어느 날, 반 친구가 무심코 "미쳤어? 제정신이야?" 하고 질색했을 때, 나는 번뜩 깨달음을 얻었다. 삶이 남의 것 같은 이유는 내가 자꾸 남의 말만 듣기 때문 아닐까? 타인에게 나를 정의할 권리를 전부 양도했기 때문 아닐까? 그러면서 주인으로

서의 방어권을 거의 포기했기 때문 아닐까? 싶었던 것이다. 그때 난 거의 자동으로 반격에 나섰다.

"아이 씨, 미친 건 너겠지."
"내가 왜? 뭘 잘못했다고?"
"몰라. 어쨌든 내 입장에선 내가 정상이야."

유치하고 지난한 말싸움이 이어졌다. 그날 난 친구 한 명을 잃은 대신 약간 떨떨하지만 당당한 자아를 얻었다. 친구를 내 편 만드는 것보다 중요한 건 내 스스로 나의 친구가 되어 주는 것이었다.

그날부터 나 자신과 우정을 나누는 연습을 시작했다. 별건 아니었다. 정말로 제일 친한 친구에게 하듯 내 자신을 대접해 주는 것뿐이었다. 먹을 것도 많이 주고, 자꾸 말을 걸고 대답을 꼭 들은 후 웬만하면 딴지를 걸지 않았다. 그러자 신기한 일이 벌어졌다. 그토록 크게 들리던 타인의 목소리가 점차 작아지다가 나중엔 속삭임 정도로 줄어든 것이었다. 나쁜 말들은 물론 칭찬에도 일희일비하지 않게 되었다.

물론 완전히 무덤덤해진 건 아니었다. 여전히 어떤 말들은 아팠고 또 어떤 말들은 나를 지나치게 하늘 위로 띄웠다. 그러나 그 감정들은 예전처럼 나를 통째로 삼키지는 못했다.

가장 큰 변화는 남의 평가에 대한 해석이 바뀐 것이었다. 예전에는 누군가 나를 비난할 때마다 '내가 정말 그런 사람이구나.' 생각했지만, 이젠 '저 사람 눈에는 그래 보이나 보다.' 정도로 정리할 수 있게 되었다. 똑같은 말인 것 같지만 천지 차이이다.

이제 나는 안다. 세상에는 나를 이해하는 사람도 있고 아닌 사람도 있다는 것을. 그리고 그 모든 게 자연스럽다는 것을.

금전욕에 사로잡힌
어른이 되었다

살림이 빠듯한 집안에서 자매들과 부대끼며 자란 나는 어릴 때부터 물건에 대한 애착이 심했다. 비싸고 반짝이는 것에만 독점욕을 느끼는 건 아니었다. 오히려 겉보기에 무용한 것들을 보물처럼 아끼고 보듬었다. 흔하디흔한 스프링 노트, 맨질맨질한 돌멩이, 동네 인형 뽑기 기계에서 간신히 뽑은 못난이 인형, 전자 제품의 예쁜 포장 박스 같은 것들을 맹목적으로 모으곤 했다.

그러나 아무리 후진 것이라도 언니나 동생의 관심을 살 때가 있었다. 어느 한 명이 다른 한 명의 것을 탐내기 시작하면 그날은 좁은 집 지붕이 들썩거리도록 난리가 났다. 형제 많은 집에서 소유욕이란,

결국 분란을 뜻했다. 그리고 분란을 일으키면 어떤 식으로든 대가를 치러야 했다.

제일 끔찍한 상황은 부모님에 의해 아끼던 물건이 재분배되거나 아예 파괴될 때였다. "그까짓 것 동생한테 좀 줘 버려!"라든지 "싸울 거면 당장 이리 가져와, 부숴 버리게."로 결론 나는 에피소드가 쌓여 갔다. 씩씩대면서 눈물을 참느라 성대가 뜨거워지는 경험을 몇 번 하고서는 차라리 포기하는 방법을 배웠다. 아니면 보는 데선 일단 줘 놓고 엄마 아빠 안 보는 곳에서 자매들을 응징하기도 했다.

그때는 내가 소유욕 그 자체에 대한 집착을 좀 덜어 낸 줄 알았다. 크면 클수록 싸움이 나기 전에 알아서 양보하는 일도 많아졌으므로 더더욱 그랬다. 그러나 스무 살이 되어 집에서 먼 대학에 진학하고, 자연스레 나만의 자취방을 갖게 되면서 숨겨 왔던 욕망이 수면 위로 드러났다.

나는 1학년 1학기 첫 달부터 공부에는 요만큼의 관심도 없었다. 대학은 내게 본가를 떠나도 좋다는 명분으로만 기능했다. 오죽하면 온갖 알바를 하고 다니느라 수업이 거추장스러울 정도였다. 알바 하느라 봉사 활동 시간을 못 채워 졸업을 못할 위기에 처하기도 했었다. 그러나 굴하지 않고 서너 가지 아르바이트를 병행했는데, 자취방 인테리어에 돈이 필요해서였다.

월셋집에, 게다가 아무리 꾸며도 누추한 단칸방에 왜 그리 공을 들였는지 모르겠다. 그러나 자그마할지언정 온전한 공간을 내 취향으로 채워 가는 작업은 더없이 황홀했다. 자취방에서는 아무도 내 물건을 노리거나 멋대로 버리지 않았다. 내 헛된 소비를 비난하거나 가타부타 말을 얹지도 않았다. 물건들은 그 자리에 조용히 존재할 뿐 아무런 훈수를 두지 않았고, 그것만으로 충분했다.

하지만 '그것만으로 충분한' 기간은 오래 가지 않았다. 공간에 비해 가구나 소품들이 많아지면서 집 면적이 그 양을 감당하지 못하게 된 것이다. 나는 어지러이 쌓이다가 어느 순간 무너져 버린 물건 사이를 경중경중 뛰어다녔다. 어떤 동기는 우리 집 꼴을 보자마자 경찰에 신고해야 하는 것 아니냐고 묻기도 했다. 그 애가 보기엔 도둑맞은 집 이상도 이하도 아니었던 것이다. 나는 그 와중에도 파격 할인이 잦은 오픈 마켓 사이트에서 눈을 떼지 못했다. 할인율이 50%를 넘어서면 필요 없는 물건에서도 어떻게든 쓸모를 찾아냈다.

어느 순간, 나는 행복과 거의 똑같이 생긴 불쾌감도 존재한다는 걸 알게 됐다. 충동구매로 인한 날것의 쾌감이 그랬다. 구매 버튼을 누르고 배송을 기다리는 시점까지는 좋았지만, 택배 부산물 처리는 무척이나 귀찮았고, 막상 받아 본 물건들은 대부분 상세 페이지와 교묘하게 달라 내 안목을 수치스럽게 만들었다. 당시의 내가 쇼핑몰 대신 책을 봤더라면 얼마나 좋았을까? 그랬다면 집구석 대신 머릿속이 꽉 찼을 테고, 그렇게 눌러 채운 지식이 나를 더 성숙한 사람으로 만들어 주었을 텐데. 하지만 나는 놀랍도록 쇼핑만 했다. 용돈, 번 돈 다 쓰는 재미가 너무나 컸다.

결국 터지기 직전의 집을 구명하기 위해 나는 너그러운 사람이 되어야 했다. 더는 갖고 있기 어려운 멀쩡한 물건들을 친구들에게 공짜로 주기 시작한 것이다. 물건을 버리는 데에도 돈이 드니, 누군가 흔쾌히 가져가 준다면 내 입장에서도 좋은 일이었다. 물건들을 떠나보낼 때면, 돈 날렸단 생각보단 시간을 낭비했다는 생각에 괴로워지곤 했다. 맘에 드는 게 나타날 때까지 사흘 밤낮을 새워 서치에 몰입하던 내 모습이 그렇게 한심할 수가 없었다. 인생을 시간 단위로 쪼개어 최저 시급과 교환하는 삶을 살고 있는 주제에 시간 귀한 줄 모르는 건 어쩐지

굉장한 모순 같았다.

이제 나는 큰맘을 먹은 날엔 큰돈을 쓸 수도 있는 어른이 되었다. 자매들과 아웅다웅하던 시절이나 대학생 때에 비하면 풍족한 생활을 영위하는 중이다. 그럼에도 가끔은 종이 뭉치나 돌멩이로도 충만감을 느끼던 시절이 그리워지곤 한다. 지금의 내가 가장 아끼는 건 최신형 맥북과 아이폰, 아이패드지만 어린 날 노트나 인형을 아껴 주던 마음과 이 마음의 순도가 같을 수는 없다.

요즘 소비를 주체하지 못하는 분야는 물건이 아니라 서비스다. 배달비, 수리비, 청소비, 대형 폐기물 처리비, 통신비, 각종 플랫폼 구독비 등등을 지불하느라 허리가 휜다. 손으로 느껴지는 물성은 없지만, 이러한 서비스에도 엄청난 중독성과 의존성이 있다. 스스로 생활을 돌보는 데 시간을 쓰는 대신 일을 더 해 비용을 만들자는 생각이 들기 때문이다. 나는 돈으로 살 수 있는 안락함과 편리가 확장될 때마다, '무엇이든 다 파는 세상'에 두려움을 느끼기도 한다. 무엇이든 다 판다는 건 돈 없이는 아무것도 가질 수 없다는 뜻이기 때문이다. 충족할 수 없는 물욕에 괴로워하던 아이가 결국 금전욕에 사로잡힌 어른이 되었으니 잘 자란 것인지, 타락한 것인지 모르겠다는 실없는 생각이 든다.

내 머릿속의 개떼

나는 어릴 때부터 극단적으로 상반된 평가를 자주 듣는 편이었다. 따라서 삶 곳곳에 똑똑하다거나 멍청하다거나, 착하다거나 못됐다거나, 온순하다거나 포악하다거나 하는 리뷰들이 두서없이 쌓여 갔다. 이상하게도 내 평판엔 중간이 없었다. 나를 싫어하는 사람들은 아주 싫어했고 좋아하는 사람들은 아주 좋아했다. 누군가 1점을 주고 떠난 후 다음 사람은 5점을 주고 머물기도 하니 나 자신의 인간성을 정체하기 힘들었다. 난 대체 무엇인가? 그래서 결국은 좋은 사람인가, 나쁜 사람인가? 하는 점이 늘 헷갈렸다.

오락가락하며 25년쯤 살았을 때 비로소 답을 얻

을 수 있었다. 단 한마디로 내 삶을 꿰뚫어 버린 건 부모도 친구도 아니요, 생면부지의 정신과 의사였다. 그는 이렇게 말했다.

"당신은 ADHD입니다."

2016년, 나는 스물다섯의 나이로 성인 ADHD 진단을 받았다. 그제야 내 머릿속에 살면서 내 인생을 물어뜯던 몇 마리 개들의 이름이 그저 'ADHD'였을 뿐이라는 걸 깨달았다. 드디어 꼭 맞는 타이틀을 찾았다는 생각에 후련함을 느끼는 사람들도 많다지만 나는 아니었다. 의사 선생님 입에서 진단명이 나온 순간, 나를 덮쳐 온 것은 언제나 괴짜 부진아 취급을 받던 과거였다.

바보인 채 방치되어 정말 바보처럼만 살아온 지난날에 속절없이 화가 났다. 그간 나를 혼냈던 모든 어른이 밉기도 했다. 내가 제정신이 아니라며 비난할 시간에 나를 정신과에 데려다 줄 생각은 왜 못했느냐 이 말이다. 나와 싸우는 대신 내가 무엇과 싸워야 하는지 알려 줄 순 없었는지…….

나는 이때 인간 아줌마, 아저씨들에게 화가 난 나머지 잠깐 신의 품을 찾기도 했다. 속으로 '신이시여, 저를 왜 이따위로 만드셨나요? 당신은 왜 망한 송편처럼 빚은 나까지 다른 예쁜 송편들과 똑같은 세상에 넣고 찐 것입니까?' 하는 시비를 자주 걸었다.

그러나 어느새 나도 어른이 되었고, 어른에게는 남을 조금만 원망할 의무가 있었다. 불합리하게 들리지만 내 인생은 내 것이라서 망하더라도 결국 내 책임이었다. 어른의 세상에서는 행위자도 과정도 중요치 않았다. 그저 누군가는 끌려 나와 이 난장판에 대한 책임을 져야 한다는 것, 내 인생에 한해서는 그게 맨날 나라는 것 정도가 내가 아는 전부였다.

머리로는 참 잘 알면서도…… ADHD 진단 직후에는 자다가도 울컥울컥 치받는 번뇌를 멈출 수가 없었다. 하루 종일 씩씩거리며 온 세상에 화를 내는 행위가 얼마나 사람을 못나 보이게 하는지 알면서도 그랬다. 이때의 나는 화를 내는 방법도, 푸는 방법도, 삭히는 방법도 잘 몰랐다. 그래서 내 몸을 망치는 방법으로만 하루하루를 견딜 수 있었다. 한심하고 파괴적인 인간관계 속에 스스로 방치한 채 술 담배에 절어 살았다. 그 밖에도 합법적인 수준에서 '중독'이란 말을 갖다 붙일 수 있는 모든 걸 건드렸다. 존재 가치에 대한 확신이 없어서인지 희망찬 미래를 바라는 마음조차 부적절하게 여겨졌다.

당시 가장 많이 반추한 순간은 대학 입시 면접이었다. 나는 운 좋게 아무런 준비 없이도 한예종(한국예술종합학교) 1차 시험에 합격했는데 2차 면접을 거의 말아먹는 바람에 결국 불합격하고 말았다. 뭐라도 대답하고 망했으면 후회는 안 되었을 것이다. 그런데 참 이상하게도…… 당시엔 면접관의 질문이

'들리지 않았다'.

긴장 때문이 아니었다. 딱히 떨리지 않았음에도 바로 앞에 앉은 사람들이 무엇을 묻고 있는지 언어로 인식되지 않았다. 파파고 없이 외국인을 만났을 때와 비슷한 참담함을 느꼈고, "나가세요."라는 말을 듣기 전까지 "뭐라고요?"라는 반문만을 계속했었다.

그 후 한동안 "뭐라고요?"라는 네 글자에 노이로제가 생겼다. 한번 인식하고 보니 내가 그 바보 같은 말을 너무나도 자주 쓴다는 걸 깨달아 버린 것이다. 나는 남의 말을 한 번에 알아듣는 경우가 거의 없어서 맹하다거나 '허당'이라는 소릴 자주 들었다. 그리고 그 모든 것은 다 ADHD 때문이었다…….

그때 후회의 순우리말이 '만약에'라는 걸 알게 되었다.('만약(萬若)' 또한 한자어라서 결국은 헛소리가 되고 말았지만.) 만약에 조금 더 빨리 치료를 시작했더라면. 만약에 내가 ADHD에 특화된 방식으로 학업에 정진했더라면. 만약에 내가 ADHD가 아니었더라면……. 만약에 이 빈 통조림 같은 머리통을 달고 태어나지 않았더라면……. 헛된 분노를 담은 '만약에' 도미노들은 끝없이 무너지며 나를 계속 슬프게 만들었다.

그렇게 넋이 나간 채로 시간만 우려먹던 어느 날이었다. 정말 갑자기, 한 치의 예고도 없이, 여태 느끼던 것과는 차원이 다른 거센 짜증이 용솟음치면서 '시발, 더 이상 이렇게 살 수는 없어.' 하는 생각이 떠올랐다. 그건 감정이라기보다 어떤 에너지에 가까웠다. 도무지 끈기가 없는 나는 마침내 무력감에조차 싫증이 난 것이었다.

사실 나는 항상 그런 식이었다. 무엇이든지 단계를 정해 차분히 해결하지 못하고, 대충 못 참을 때까지 참다가 둑이 터지듯 폭주하곤 했다.

심상이 완전히 반대로 튀자 '웬수' 같던 ADHD

가 기특하게 느껴지기도 했다. 우울이란 놈은 숙주의 공허한 복잡함, 혹은 복잡한 공허감 같은 것들을 먹고 자란다. 그런데 나의 본질은 정신 사납게 단순했고, 그 이유로 우울에게 양질의 먹이를 계속 공급할 수 없었다. 불쌍한 우울은 내 안에서 식량난에 시달리다 굶어 죽고 말았다. 그 후로는 갈비뼈 속이 축축해지려 할 때마다 어디선가 '시이이발……. 언제까지 이렇게 살 수는 없어어어어어…….' 하는 메아리가 들려오곤 했다. 남들은 데일 카네기의 명언이나 라틴어 격언 같은 것으로 스스로 지탱한다는데 나는 왜 저런? 하는 생각이 들었지만 어쩔 수 없었다. 나 자신을 제어할 수 없다는 게 내가 결국 ADHD라는 증거이기도 했다.

ADHD가 아니고 싶어 갖가지 노력을 해 보기도 했지만, 모든 방법과 비용이 놀랍도록 소용없었다. 어떤 도구도, 학습법도, 습관도, 그 무엇도 나를 멀쩡하게 돌려놓지는 못했다. 당연했다. 나는 태어난

이래 단 하루도 ADHD가 아닌 적이 없었고, 따라서 멀쩡함을 원해 본들 자꾸 어정쩡해질 뿐이었다. 솔직히 말하자면 실은 정상이란 게 뭔지도 잘 몰랐다. 되어 본 적이 없는 상태를 진심으로 원할 수 있을까? 아니, 그럴 수는 없으므로…… 나는 '정상'이란 걸 상상 속 어딘가의 영역으로 남겨 둔 채 포기했다.

그렇게 '정상'이라는 허상을 놓아 주자, 역설적으로 나 자신이 또렷하게 보이기 시작했다. 끊임없이 딴생각으로 빠지고, 충동적이며, 마감 기한에 쫓기는 삶. 남들은 당연하게 해내는 일에 번번이 어려움을 느끼고, "뭐라고요?"라는 질문을 달고 살았던 과거. 그것은 언제까지고 부정하고 싶은 기억이었지만, 그렇다고 마냥 도망칠 수만은 없었다. 과거에 대한 후회와 분노에만 갇혀 있기에는 앞으로 살아갈 날들이 너무나 많이 남아 있었다.

게다가 나의 '비정상성'은 때로 특별한 재능이 되기도 했다. 엉뚱한 상상력, 틀에 얽매이지 않는 사고방식, 강렬한 몰입과 빠른 전환. ADHD의 특징들은 나를 번번이 곤경에 빠뜨렸지만, 결국 창의적인 아이디어를 떠올리거나 새로운 시도를 두려워하지 않는 방식으로 나를 구하기도 했다.

세상은 여전히 '정상'이라는 기준을 강요하지만, 이제는 그 기준에 억지로 나를 끼워 맞추려 하지 않는다. 나의 속도와 방식으로, 때로는 넘어지고 부딪히더라도, 꿋꿋하게 나의 길을 걸어갈 것이다. 망한 송편처럼 시작했을지라도, 결국에는 나만의 아름다운 옹기를 빚어낼 수 있을지도 모른다는 희망을 품고서. 중요한 것은 남들이 만들어 놓은 틀에 갇히는 것이 아니라, 나만의 색깔을 잃지 않고 살아가는 것이라는 것을, 이제는 조금씩 깨닫고 있다.

독방귀와 향기구름

ADHD라는 것을 알았다고, '비정상성'을 나의 일부로 받아들였다고 문제가 해결된 것은 아니었다. 폭풍은 지나갔지만, 이윽고 더 심각한 해일이 밀어닥쳤다. 시간이 지날수록 나 자신이 끔찍한 불량품으로 여겨지면서 혐오감이 일었다. 그것은 일종의 배신감이기도 했는데, 내가 실은 내 안의 잠재력을 어렴풋이 믿고 있었기 때문이다. 지금 당장은 요 모양 요 꼴이지만, 언젠가 정신을 차리는 즉시 삶이 반전되리란 믿음이었다. 하지만 ADHD 진단은 그런 영광이 영영 도래하지 않으리란 선고 같았다. 꼬부랑 할머니가 뇌어서도 아리까리 갈팡질팡 살아가고 있을 내 모습이 손쉽게 그려졌다. 나라면 유령이 되어서도 자기 유골함 위치를 헷갈려 엉뚱한 곳을 헤매고 있을지도 몰랐다.

그때부터 난 생각 강박 같은 것에 시달렸다. 이제부턴 ADHD니까, ADHD인 줄 모르던 시절처럼 생각 없이 살면 안 된다는 초조함 때문이었다. 뭘 어쩌든 이미 늦었으니 더 노력해야 한다는 부담감이 엄습했다. 다른 사람들이 100만큼의 생각을 하고 살 때 나는 200, 300만큼 해야 겨우 비슷해질 것만 같았다.

솔직히 여태까진 인간 모양의 야생동물처럼 살아왔다. 먹고 싶으면 먹고, 자고 싶으면 자고, 웃고 싶으면 웃고, 울고 싶으면 울던 나날……. 하루 종일 멍이나 때리던 무념무상의 삶……. 그런 게 나다움이자 자유로움이라 믿었건만 속 편한 착각이었던 셈이다.

평생 비어 있던 머릿속을 생각으로 꽉 채우는 건

쉽지 않았다. 쉽지 않은 정도가 아니라 불가능했다. 내가 ADHD라는 사실이 치밀어 오를 때마다 몹시 슬펐지만, 온전히 슬퍼하는 것조차 잘 되지 않았다. 나는 슬픈 사람이라기엔 손바닥 뒤집듯 기뻐졌다. 기쁜 사람이라기엔 내동댕이쳐지듯 시무룩해졌다. 한 가지 고민이나 정서를 충분히 음미할 만큼의 집중력도 없기 때문이었다. 알 수 없는 한계에 부딪힐 때마다 뇌세포들이 미워졌다. 걔네는 철밥통 같은 두개골 안에서 놀고먹기만 할 뿐 일을 안 했다. 밤낮없이 빈둥거리는 뇌를 깨우기 위해 약물 치료를 결심했다. 그 이름도 웅장한 '각성'이 시작된 것이었다.

한때 '아무 생각이 없다.'는 건 나의 자랑거리기도 했다. 덕분에 큰일이 닥쳐도 별일 없는 사람처럼 살수 있었고, 뭐가 어찌 되든 계속 해맑을 수 있었고, 기분 나쁜 꾸지람을 들어도 가뿐히 무시할 수 있었다. 그러나 갑작스러운 ADHD 진단과 치료는 상황을 180도 뒤집어 놓았다. 지나친 낙관주의야말로 인생 최고의 실책이었다는 회한이 솟구친 것이다. 만회하기 위해선 이제부터라도 정반대의 노선을 타는 수밖에 없었다. 내가 떠올린 해결책은 모든 날 모든 순간에 최대한 촘촘히 생각들을 끼워 넣는 거였다.

나는 의식적으로 스스로 들들 볶으면서, 머리가 텅 비는 순간을 잠시도 허용하지 않았다. 천 원짜리 마스크 한 장을 살 때도, 점심 메뉴를 고를 때도, 시시콜콜한 단톡에 농담 한마디를 던질 때도 마음속으로 지금 하려는 행위의 개요와 타당성을 브리핑했다. 내가 나의 최종 보스인 것처럼 모든 걸 낱낱이 설명하고 결재를 받았다.

매우 피곤한 짓이었지만 황홀한 장점도 있었다. 정신이 너무나 고단하단 그 이유로 치열하게 살고 있다는 충족감이 들었던 것이다. 실제로 이즈음엔 말수가 부쩍 줄고, 충동적인 선택에 의한 손해도 덩달아 줄었다. 뭐 하나 결정하고 행동하기까지의 과정이 무한정 늘어지니 당연한 결과였다. 나는 원래 '멍청비용' 류의 지출이 많은 사람이었는데, 점차 그것까지 줄어드니 나 자신이 대견해 가슴이 벅찰 지경이었다.

한동안 우쭐한 나날을 보냈다. '우쭐'의 꽃말이 '곧 망할 것이다.'임을 알면서도 그랬다. 지나가던 직장 동료가 "요즘 왜 입 모양을 누운 3자처럼 하고 다니냐."고 물어 올 정도였다. 내가 드디어 호모 사피엔스로 진화하여 기쁘다고 대답할 수 없어서 유감이었다. 통제하에 놓인 삶에는 통제가 아예 없는 삶에선 누릴 수 없는 고차원의 만족감이 있었다. 나는 하루하루가 정돈된 느낌, 드디어 철이 든 느낌, 점잖은 어른이 된 듯한 느낌에 중독되어 갔다. 초단위로 샘솟는 수백, 수천 가지 생각들이 나를 안락한 세상으로 데려다주었다.

그러나 호시절은 오래가지 못했다. 패인은 내가 인간 본성을 우습게 봤기 때문이다. 자기 자신을 다 안다고 착각했기 때문이다. 스트레스는 즐거운 노력에도 복리로 따른다는 걸 상상도 못 했기 때문이다……. 어쨌든 생각 테라피(?)는 조금씩 무시할 수 없는 균열을 드러냈다.

첫 번째로는 보상 심리의 폭주였다. 나는 착실한 하루를 보냈다는 판단이 들수록 반드시 호사스러운 보상을 누리고자 했다. 처음엔 배달 음식 정도였지만 나중엔 소주 한두 병이 붙었다. 덮어놓고 마시다 보면 세 병이 넘어갈 때도 있었다. 원 없이 먹고 마시자는 결정을 내리면서도 수많은 생각을 거쳤지만, 죄다 '종일 고생했으니 이 정도는 당연하지.' 류의 자기 합리화였다. 나는 결국 올바르게 사느라 매일 취해 있게 되었다.

주정뱅이보다 나쁜 건 죄책감도 없는 주정뱅이일

것이다. 나는 내가 알코올의존증이라는 걸 인정하지 않기 위해서도 수없이 많은 생각을 거쳤다. 이쯤 되면 생각은 생각의 순기능을 잃은 거나 마찬가지였다. 나는 생각을 한 것이 아니라 변명을 빚어내고 생각이라는 단어를 이름처럼 붙인 것에 불과했다.

두 번째로는 정신력의 누수와 체력적 과부하였다. 이것저것 생각하는 건 나름 즐겁기도 했다. 그러나 갑자기 백 배로 왕성해진 두뇌 활동이 피로하지 않을 리 없었다. 게다가 내가 취한 전략은 오로지 물량 공세였다. 양질의 생각이 아니라 융단폭격 같은 생각을 해대니 잠을 자고 또 자도 쉬었다는 느낌이 들지 않았다. 초저녁부터 탈진할 것 같다는 감각에 시달렸고, 주말에는 침대에서 빠져나오지 못한 채 끙끙 앓기도 했다. 차분해진 것과 별개로 안색과 성격은 더 나빠졌다. 힘듦조차 인위적인 생각으로 누르려 하니 당연히 부작용이 따르는 것이었다.

그리고 세 번째, 가장 치명적인 단점은 생각에 짓눌려 현실 대응력이 떨어진다는 거였다. 오만 가지 브레인스토밍이 이루어지는 동안엔 눈앞의 상황을 자주 놓쳤다. 대답을 설계하느라 상대방 말을 듣지 못했고, 업무 중에도 계획만 주야장천 세우느라 실무에 속도를 낼 수 없었다. 특히 아슬아슬한 순간은 감정적 교류를 할 때였다. 문제 소지가 없으면서도 교양 있는 답변만을 궁리하다 보니 진솔해야 하는 순간에도 AI 같은 화법이 튀어나왔다.

이런 변화를 나보다 먼저 눈치챈 것은 가까운 지인들이었다. 그들에게서 속속 의문 섞인 피드백이 들리기 시작했다. 친구 A는 내가 근래 심각하게 멍해졌다며 대체 무슨 일이냐고 물어 왔다. 그럴 리가! 더 총명해진 거겠지! 발뺌해 봐도 소용없었다.

"진심인데 넌 요즘 제일 바보 같아."

후배 B의 이야기는 더욱 심란했다.

"못 본 사이에 왜 이렇게 느끼해지셨어요? 말투가 좀…… 수상한 아저씨 같아요."

아줌마도 아니고 아저씨라니, 항상 어른스러워지고 싶었지만, 느끼한 아저씨가 되길 원한 건 아니었다. 그제야 무언가 크게 잘못되어 간다는 느낌이 들었다. 나는 점점 부자연스러워지고 있었다.

마침내 내가 추구하던 방식의 맹점을 깨달았다. 왜인지 몰라도 나는 '생각'을 정신세계의 화폐처럼 여겼다. 돈 비스무레한 재화로 인식하니 자꾸만 생각을 모으고 쌓아야 한다는 강박이 생기는 것이었다. 그러나 온갖 생각으로 머리를 꽉 채워 보고 느낀 건, 생각이란 오히려 가스에 가깝다는 사실이었나. 득히 실 낮은 삽생삭늘은 머리로 뀌는 방귀 이상도 이하도 아니었다.

앞으로는 나쁜 생각이 들 때마다 이것은 '독방귀다, 독방귀다…….' 되뇌기로 했다. 그렇게 상상하면 적극적으로 그 생각을 몰아내야 하는 이유가 생기기 때문이다. 나쁜 생각을 심는 사람도 마찬가지다. 그는 결코 중요한 인물이 아닐 것이다. 남의 면전에 시도 때도 없이 방귀포를 쏘는 무뢰배일 뿐…….

친구들은 나이가 몇인데 아직도 방귀 얘길 하며 즐거워하느냐고 묻는다. 하지만 그런 핀잔조차 방귀이기에 조용히 환기 처분을 내릴 뿐이다. 이제는 사람들이 내게 몇 점을 매기는지, 내가 왜 1점이거나 5점인지도 궁금하지 않다. 아저씨가 아니라 할아버지 같다고 해도 '그렇구나.' 할 뿐이다. 독가스도 향기구름도, 나쁜 생각도 좋은 기억도 결국 훌훌 날아가는 건 똑같기 때문이다. 몇 년 전에는 아무 생각이 없어 문제였는데 지금은 아무 생각이 없다는 점 때문에 구원을 받으니 인생이란 참 모를 일이다.

못난 사람의
못난 작사 일기

언제 그만둘지 몰라 비밀로 하고 있지만, 실은 요즘 작사를 배우는 중이다. 늘 그렇듯 충동적으로 시작했다. 난 무엇이든 마음이 쏠리면 우선 질러 놓고 본다. 굳이 작사를 선택한 데에도 무슨 이유가 있었던 것 같은데, 원대한 포부는 이미 기억 속 블랙홀로 사라져 버렸다.

어차피 큰일을 하는 데 계기는 별로 중요치 않다. 핵심은 계속하고 있다는 것. 학원비가 달에 40만 원이니 이미 400만 원가량을 썼다는 것. 근데도 최근 한 달은 바쁘다는 이유로 수업을 4주 연속 째 버렸나는 것이다.

다른 사람 같으면 자괴감을 느끼겠지만 난 내가

이럴 줄 알았기 때문에 괜찮다. ADHD의 돈과 열정은 얼마 정도 새 나가야 정상 범위이다. 게다가 9개월 중 한 달 결석했다는 말을 뒤집으면 8개월 동안 꾸준했다는 업적이 되기도 한다.

첫 수업에 들어가기 전까진 일말의 기대감이 있었다. 경력은 얼마 안 되지만 나름 작가이니, 글을 써 본 적 없는 다른 수강생들보단 유리하지 않을까 싶었다. 하지만 선생님은 바로 그 점이 착각이라고 했다. 노랫말은, 특히 대중가요는 글이라기보다 말에 가깝다는 것이었다.

고급 어휘를 많이 안다고 좋은 가사를 쓰는 것도 아니고 시인이라고 라임을 잘 맞추는 것도 아니고. 굳이 따지자면 평소 음악을 많이 듣고 노래를 즐겨 부르는 사람이 작사도 잘한다는 말씀이었다.

첫 실습 과제는 평소 좋아하는 국내 가요 한 곡을 자유롭게 개사해 보는 작업이었다. 나는 윤하의 〈사건의 지평선〉을 골랐다. 이 노래는 멜로디와 가수의 음색부터 감동인 것은 물론, 요즘 노래 같지 않게 곡이 길고 무엇보다 영어 파트가 없었다.

나로 말하자면 기초 영어 단 한 과목 때문에 대학교 졸업이 1년 밀릴 만큼 영어에 무지한 자였다. 나보다는 미국 마트 수산 코너에 놓인 생선이 영어를 더 잘하리라 확신할 수 있었다. 어쨌든 난 아무런 기본기가 없는 채로 끄적끄적…… 나만의 폐식용유 같은 감성으로 자유롭게 명곡을 망쳐 보았다.

드디어 발표 날. 나의 작업물을 본 선생님은 '말이 너무 길다.'는 일축으로 합평을 시작했다.

"일단 모든 문장이 다 지나치게 길고요. 이 곡의 화자는 할 말이 너무너무 많아요. 이 말도 하고 싶고 저 말도 하고 싶고, 중구난방인 느낌이에요. 그래서 결국은 무슨 말을 하고 싶은지 하나도 모르겠어요. 정신이 없달까?"

나는 하마터면 박수를 칠 뻔했다. 그것은 평소에
도 질리도록 자주 듣는 말이었고, 내가 쓰는 모든
글의 특징이자 단점이기도 했다. 심지어 난 중언부
언도 많이 했다. 신기한 마음이 가시자 약간 우울해
졌다. 오늘 처음 만난 강사에게도 'ADHD 티'를 내
고 말다니, 안에서 새는 바가지 밖에서도 샌다는 얘
기가 남 말이 아니었다.

세 번째 습작 시간, 나는 응원가 느낌이 나는 경
쾌한 팝송에 내 친구 Y를 응원하는 내용의 노랫말
을 붙였다. '남들이 뭐라든 너는 못난이가 아니다.
루저가 아니다.'라는 내용이었는데, 선생님께서는
"바로 그렇게 언급함으로써 역으로 못난이와 루저
라고 못 박고 있는 느낌"이라고 하셨다. 나는 너무
슬펐다. 실력이 서투른 탓에 나의 어여쁜 진심이 약

올리기가 되어 버린 것이다.

 다음엔 보다 명확한 표현들로 오해를 예방해야겠다는 생각이 들 때쯤, 마침내 발라드 과제를 받았다. 웬일인지 이 노래는 멜로디를 듣자마자 가사로 쓸 내용이 번뜩 떠올랐다. 난 제목 짓기를 아주 어려워하는데, 모처럼 제목도 일사천리로 정해졌다. 내 생애 다섯 번째 가사이자 첫 번째 발라드인 이 곡의 제목은 〈못난 사람〉이다.

 술 한잔하자는 순간
 나는 다 눈치챈 거죠
 그대 딴 남자 생긴 걸

 불쌍한 쪽은 나인데
 아픈 건 그대 같네요
 미안해서 우나요

미안하단 그 말로 다 되면

세상에 경찰은 왜 있나요

그댄 내게 참 못난 사람

벌받아요 벌받을 거예요 (천벌받을 거야~)

내가 아픈 만큼

꼭 불행해 줘요

나쁜 곳으로 (나쁜 곳으로~)

더 나쁜 곳으로 가요

　　선생님은 갑자기 다른 수강생들로 하여금 이 노래를 부르게 하셨다. 네다섯 번 봤지만 말 한마디 나눈 적 없어 데면데면한 열 명의 수강생이 각자 어리둥절한 기색으로 소리를 보태기 시작했다.

　　왜일까? 나름대로 열심히 쓴 건데도 사람들이 웃으니 창피했다. 선생님께서는 무수히 많은 지적을 하셨는데 기억나는 것은 세 가지다.

　　첫째, 방송국 심의에 걸릴 것 같다. (아니 지음 씨, 이게 무슨 일이야? 발라드 주인공들이 왜 이렇게 술을 퍼마시나요!) 둘째, 발라드에 경찰이 등장해서는 안 된다.(나 정말 이렇게 해 오는 사람 처음 보네요. 경찰? 경찰이 웬 말이야?) 셋째, 발라드에서건 아니건 상대방을 저주해선 안 된다.(이 노래는 '그대'를 저주하며 저승으로 보내고 있어요. 그러지 말아요. 이승에 남겨 두어요.)

경찰 금지 조항은 섭섭했다. 당시 난 예능 프로그램 〈용감한 형사들〉의 애청자로서, 형사나 경찰이라는 직업에 무한한 동경을 갖고 있었다. 30대에 경찰이 되려면 어떻게 해야 하는지 알아보기까지 했는데, 다시 태어나지 않는 이상 어려워 보였다. 아쉬운 마음에 가사에나마 슬쩍 등장시킨 것이 사달이었다.

선생님은 그날 수업을 마무리하면서, 가사란 '화자'의 이야기를 만드는 작업이지 실제 '내 이야기'를 쓰는 게 아니라고 강조하셨다. 오……! 나는 너무나 중요한 점을 간과하고 있던 것이다. 그래, 현실의 내가 경찰을 사랑하든 경찰에 잡혀가든 그것이 무슨 상관이란 말인가? 노래는 내가 아니고 내 삶 또한 노래가 아닌 것을…….

나의 열여섯 번째 자작곡은 ⟨blueberry face⟩로, 내가 쓴 것치고 영어 가사의 비중이 높은 힙합이었다. 주인공은 복서였고, 내용은 너를 두들겨 패서 "눈탱이 밤탱이 블루베리 페이스로 만들어 주겠다."는 식으로 전개됐다. 이 과제를 본 선생님께서는 매우 어리둥절한 표정으로 근원적인 질문을 던지셨다.

"근데…… 아무리 복서라도…… 대체 왜 자꾸 때리는 건가요?"

나는 헉, 하고 놀라 숨을 들이쉬었다. 영어 음절 가지고 씨름하느라 거기까진 생각을 못 해 본 거였다.

나는 늘 최선을 다했지만 어째선지 내 과제들은 기대했던 것만큼 빛을 보지 못했다. 아무래도 모든 가사에서 너무 나 자신이 드러나는 것이 문제인 듯했다. 나는 곧 작사 활동에도 흥미를 잃었다. 단 1개월만 더 다니면 수료 비슷한 과정을 밟을 수 있었지만, 처음의 열정은 이미 동나 버려 온데간데없었다.

그렇게 나의 작사 도전기는 예상보다 시시하게 막을 내렸다. 400만 원가량의 거금을 쏟아부었지만, 결과적으로 내 손에 남은 것은 누더기 같은 습작 노트와 웃픈 피드백뿐이었다.

하지만 이상하게도 후회가 되진 않았다. 가시적 성과는 없었지만, 그간 몰입했던 경험은 꽤 재미있고 값진 것이었다. 우선 나라는 인간의 한계를 다시금 깨달을 수 있었다. 충동적으로 시작하고 쉽게 질려하며, 하고자 하는 이야기를 도무지 포기하지 못하는 섬이 그랬다. 비록 작사가의 꿈은 접혔지만, 그리고 아마 평생 경찰도 되지 못할 테지만, 언젠가

다른 분야에서 다시 무언가를 꿈꿀 수 있기를 기대
해 본다. 어차피 곧 또 다른 충동이 덮쳐 올 테니 인
생 심심할 걱정은 되지 않는다.

책에서 만난 비상구

지인으로부터 쉽게 답할 수 없는 질문을 받았다.

"당신에게 책이란 어떤 의미인가요?"라는 것이었다. 나는 진지한 질문을 받으면 머릿속이 멍해진다. 아무 생각이 안 들다가 이윽고 잡생각이 파고든다. 대답은 점점 늦어졌다. 책이란 어릴 때부터 공기처럼 자연스레 존재하는 것이었으므로 오히려 깊은 의미를 헤아려 본 적이 없었다.

글쎄, 정말로…… 나에게 책이란 무엇일까? 친한 친구라기엔 너무 어렵고, 스승이라기엔 제자 격인 내가 미욱하여 사제 관계도 성립하지 못했다. 나름 친밀하기도 하니 그저 물건이라고만 선을 그을 수도 없었다. 나도 책을 쓰긴 하지만 그렇다고 관계성이 명확해지는 건 아니었다.

질문은 결국 "'인생책'이란 무엇인가?"에 대한 논의로 접어들었다. 읽은 책이 쌓일수록 이것도 인생책 같고 저것도 인생책 같았다. 인생책이 너무 많아지면 바로 그 이유로 아무것도 인생책이 아니게 된다. 결국 내가 세운 기준은 '삶이 가로막힐 때마다 자꾸 손이 가는 책'이었다. 한 번 읽을 때보다 두 번 읽을 때, 세 번 읽을 때 계속 깨달음이 확장되는 책 말이다.

생각의 물꼬를 트다 '애초에 나는 왜 책을 읽는가.'라는 대목에 이르렀다. 그러자 책이 내게서 가지는 의미가 한층 명확해졌다. 내게 독서는 막다른 길에서의 비상구였다. 나는 주로 감당할 수 없는 큰일이 생겼을 때 책을 펼쳐 들기 때문이었다. 좀 날것으로 표현하자면 '이미 X 되어 본 사람들이 멀쩡해진 이야기'가 필요할 때였다.

그동안 스스로가 문학보다 비문학(특히 심리학, 정신의학)을 선호한다고 여겼는데 그게 아니었다. 모종의 사건으로 정신 건강이 훼손될 때쯤에야 부랴부랴 관련서를 독파하게 되니 생긴 오해였다. 정리하자면 나는 심리학이나 정신의학에 관심이 많은 게 아니라, 그저 인생에 '멘탈 이슈'가 빈번할 뿐이었다. 이 사실을 깨달은 것도 최근의 독서 목록이 너무 일목요연해서였다.

　《무엇이 나를 행복하게 만드는가》,《행복하다는 건 뭘까?》,《행복은 뇌 안에》,《왜 우리는 행복을 일에서 찾고, 일을 하며 병들어갈까》,《법륜 스님의 행복》⋯⋯. 나는 모 전자책 플랫폼에서 '행복'을 검색하면 뜨는 책들을 닥치는 대로 독파하고 있었다. 이미 행복한 사람이라면 하지 않을 짓이었다. 이제는 인정할 수밖에 없었다. 내가 불행하다는 걸⋯⋯. 어쩌면 불행보다 힘든 건, 불행을 직시하는 일일지도 모르겠다. 의심에 불과할 땐 투명하던 불행이 내 확신에 힘입어 선명해지는 것을 지켜봐야 한다.

불행에는 크게 두 가지가 있다. 내가 자초한 것과 남이 뒤집어씌운 것. 안타깝게도 근래 커다란 사기를 당한 내게는 두 가지 압력이 한꺼번에 작용하고 있었다. 무조건 사기꾼이 나쁘다는 건 알고 있었다. 하지만 내가 멍청해서 나쁜 놈의 마수에 걸려들었다는 생각을 지울 수 없었다.

스트레스는 인간성을 박탈했다. 내가 제일 먼저 잃어버린 것도 잠이었다. 원래도 제대로 자는 편이 아닌데 동이 틀 때까지 꼼짝 못 한 채로 천장을 보는 날이 많아졌다. 수사기관에서 보면 돈도 아닐 만큼의 돈. 하지만 내게는 너무나 큰돈이 사라지고 말았다. 그래서인지 어느새 입맛도 함께 사라졌다.

이쯤 되면 짓눌린 일상을 책으로 다잡는 일이 엉뚱해 보이기도 할 것이다. 그러나 나는 과거에도 몇 번 다 죽어 가던 끝에 책으로 기사회생한 적이 있었다. 가끔은 살아 있는 사람의 천 마디 위로보다 묵묵한 책 한 구절이 낫다고, 나는 진심으로 믿었다.

　'감정이란 현재 신체 항상성이 깨졌거나 앞으로 깨질 수 있다는 것을 감지한 뇌의 반응, 그 불균형을 회복하기 위해 특별한 조치가 필요하다는 것을 알리는 뇌의 신호라고 할 수 있습니다.'

　　　　　　　　- 김학진 외,《행복은 뇌 안에》, 글항아리, 2023

　책 페이지는 지폐가 아니기에, 내가 처한 금전적 어려움을 해결해 주는 건 아니었다. 그러나 현실의 주인이자 책임자인 나의 관념을 바꿈으로써 결국 많은 것을 바꿀 수는 있었다. 커다란 불안감이 느껴질 때, 그것이 나를 잡아먹는 자충수가 아니라 생존을 위한 뇌의 발버둥이라는 걸 알고 나면 더 이상 예전처럼 혼란스럽지 않았다. 죽고 싶다는 생각이 들 때에도 내 온몸은 살기 위해 노력 중이라는 데

위로를 받기도 했다.

많은 책에 걸쳐 행복해지는 요령이 소개되어 있고, 심지어 몇몇 항목은 계속 겹쳤다. 이를테면 '삶의 본질을 직시하라.', '행복에는 나중이 없다.', '진짜로 하고 싶은 일과 사랑하는 사람들을 중요시하라.' 등등이었다.

당연하게도 삶은 책 한 권으로 바뀌지 않았다. 그러나 중요한 건 한순간에 모든 걸 바꾸는 기적이 아니라 마침내 싹트는 '긍정적 의심'이었다. 행복에 관한 책들을 짚어 가다 보면 내가 방에만 틀어박힌 채 계속 먹이를 주던 불행의 완전무결함이 깨지곤 했다.

모든 책이 지금의 상태가 영원하지 않다고 말했다. 시간은 흐르고, 변하지 않으리라 여기던 것들이 변한다고 가르쳐 주었다. 나보다 더 큰 불행에서도 씩씩하게 걸어 나온 사람들을 여럿 소개해 주기도 했다. 전 세계 단위의 극복담을 읽으면 저절로 용기가 나면서 온통 '나'로 국한되었던 시야가 트이는 느낌이 들었다.

인간의 삶만 유한한 게 아니라 부정적 감정도 그렇다. 우리의 삶도 한순간에 지나지 않는데 우리의 분노나 분노의 순간은 오죽하겠는가. 단 한 가지 확실한 게 있다면 그것은 모든 감정이란 일시적이라는 깨달음이다.

　- 외르크 베르나르디, 《언제 행복할 것인가》, 이덕임 옮김, 필름, 2023

사실 나는 알고 있다. 오늘의 불행이 생애 첫 고난인 양 호들갑을 떨지만, 나는 언제나 이만큼의 걱정은 안고 살아왔다는 걸. 고통이 생경한 이유는 낯설어서가 아니라 지난날을 선택적으로 잊었기 때문이라는 걸 말이다. 과거에 대입하여 보면 현재의 슬픔도 곧 망각의 영역이 될 것이다.

'행복'의 대체어가 될 만한 몇 가지 낱말을 생각해 본다. 예전에는 그것이 '부'나 '인기', '명예' 따위이리라 여겼다. 하지만 이제는 행복의 실체가 화려함만은 아닐 거라는 확신이 생겼다. 굳이 말하자면 '무념무상', '포만감', '침대', '할 일 없음' 정도랄까. 행복이란 어쩌면 그래프상 최고 높이의 한 지점을 일컫는 게 아닐지도 모르겠다. 행복해지는 방법도 관점도 여러 가지니 행복 또한 실은 여러 가지 모습이 아닐까?

어머니의 젖은 수건

나는 명랑하고, 사람을 좋아하며, 말이 많다. 세 가지 강점을 고루 가진 덕분에 평생 나 자신이 대화를 잘하는 사람인 줄 알았다. 학창 시절부터 글짓기 상만은 곧잘 타곤 했으니 은연중 스스로 언어 능력을 과신했는지도 모른다. 그러나 '말'과 '대화', '글'은 전혀 다른 층위의 개념이었다. 냉정하게 평가하자면 난 세 가지 영역에서 전부 서투른 사람이기도 했다.

　고등학교 땐 싸가지가 너무 없다는 이유로 어머니가 학교에 불려 왔다. 대단히 큰 잘못을 한 건 아니었지만, 응당 있어야 할 싸가지가 자리를 비워 부모가 직장에서 수치스러운 조퇴를 해야만 했다. 그 후로도 1년에 한 번씩은 누구한테든 진지하게 싸가지 지적을 받았다. 나는 바빠서 못 가는 여름휴가를 싸가지는 매번 챙겨 떠나는 것인지, 날이 더워지고 여름이 절정에 오르면 그 애는 어딘가로 증발해 버렸다.

모든 것은 태도, 그중에서도 말투의 문제였다. 내게는 사소한 대화에서도 툭툭대며 비꼬는 습관이 있었던 것이다. 심한 사춘기였던 걸까, 아니면 사탄에 들렸던 걸까? 어쨌든 나는 사소한 말도 간단하게 넘기는 법이 없었다. 누가 "밥 먹었니?"라고 물으면 "밥을 먹었으니 배고프단 얘길 안 하겠지?"라고 한번 꼬아 넘기는 식이었다. 선생님이나 친구들에게도 마찬가지였다. "교과서가 있으면 진작 펴지 않았을까요?", "양심이 있다면 까먹었다 소린 못하지 않을까?" 이게 나의 기본적인 말버릇이었다. 강자에게도 일관적인 기개 하나는 인정해 줄 만하다. 그러나 그때를 추억하면 여태까지 살면서 크게 얻어터진 적이 없다는 기적에 감사하게 된다.

물론 작게 얻어터진 적은 많았다. 한번은 이런 일도 있었다. 늦은 저녁, 엄마는 빨래를 널고 나는 옆에서 컴퓨터를 하던 중이었다. 엄마는 무심코 늘 하던 잔소리를 반복했다.

"오늘은 일찍 잘 생각해. 내일 또 학교 안 간다고 하지 말고."

그냥 '네'라고 하면 됐을 텐데 기어코 주둥이가 춤을 쳤다.

"앨,쩩,쟬,생,객,해! 핵,개,앤,갠,대,고,해,재,맬,개~!"

하필 리듬 게임 중이라서였을까? 나만의 독특한 박자감이 빛을 발했다.

"빨리 게임 꺼."

"뻴리 깨임 깨~!"

"끄라고 했다."

"깨래개 했대~! 아아악!"

순간 눈앞이 번쩍, 하더니 생전 듣도 보도 못한 통증이 느껴졌다. 극대로한 엄마가 쥐고 있던 젖은 수건으로 내 얼굴을 후려치고 만 것이었다. 얼마나 화가 났으면……. 그날 난 태어나서 처음으로 쌍코피를 경험했다. 세상에 맞을 짓이란 없다지만, 과연 그럴까. 가끔은 있다는 게 내 생각이다.

어쨌든 그간 내가 야무진 대화라고 생각했던 상황들은 죄다 논쟁에 불과했다. 격한 논쟁, (비교적) 부드러운 논쟁, 연애 논쟁, 우정 논쟁, 정치 논쟁, 사상 논쟁……. 분위기와 주제는 달라도, 어디 누구 말이 옳은지 가려 보자는 식의 불꽃 튀는 발화 양상은 똑같았다. 내 인성은 이미 깎일 대로 깎여 있어 더 이상 훼손될 여지도 없었지만, 성격 좋기로 소문 난 사람조차 나와 말싸움이 붙으면 바로 인품이 깎

이곤 했다.

마음 깊은 곳에선 늘 의도치 않게 상대방을 갈궈 버리는 내 말투나 태도에 문제의식을 느끼고 있었다. 누군가와 긴 대화를 나누고 집으로 돌아가는 길이면, 어쩐지 바보가 된 기분이나 바보를 봐 버린 기분 중 한 가지를 느꼈다. 전자는 불쾌했고 후자는 교만해서 어느 쪽이든 찝찝했다. 그러나 도발 아닌 방법으로 상대방의 본심을 끌어내는 수단을 나는 알지 못했다.

언젠가 《어른의 문답법: 개싸움을 지적 토론의 장으로 만드는》이라는 제목의 책에 끌린 이유도 정말 개싸움에서 이기고 싶다는 열망 하나 때문이었다.(처음엔 전투 교재인 줄 알았다.) 그러니 프롤로그 내용부터 당황스러울 수밖에 없었다. 대화 예문 속에서 '짜증 나는', '쏠봉'이라 평가받는 피터의 화법이 평소 내 말투와 비슷해서였다.

특히 화가 나면 모든 문장에 물음표를 붙여 상대를 공격하는 지독한 말투가 가장 똑같았다. "누구한테 공정하죠?", "왜 바꿔야 하죠?", "근거가 뭐죠?", "도움이 됐을까요?" 이런 식이다. 보아하니 피터의 부모님도 몇 번이나 학교에 불려 갔지 싶었다. 어쨌든 피터의 언행이 서양에서도 추하게 취급받는 모습을 보며, 나는 간만에 대리 수치를 느꼈다.

고백하면, 나는 수치심을 유발하는 책들을 좋아했다. 다른 미디어들은 수치심만 옴팡지게 안겨 주고 튀는 경우가 많지만, 책은 반드시 책임을 지기 때문이었다. 책은 도입부에서 제시한 혼란을 나 몰라라 하는 법이 없었고, 정해진 수순대로 독자를 에스코트해 해결책까지 이끌었다. 그러니 초반에 수치심이나 열패감을 느끼더라도 당황스럽지 않은 것이었다. 오히려 앞으로 어떤 내용이 나올지 궁금해지기만 했다.

게다가 나는 이상하게도 미담보단 추담에 민감하게 반응하는 성향이었다. 옛날부터 그랬다. 아름다운 교훈보단 개망신에서 훨씬 띵한 울림이 느껴졌다. 더 나은 내가 되기 위해선 아무것도 하기 싫었지만, 닥쳐올 쪽팔림을 피하기 위해선 부단한 노력을 기울일 수 있었다. 그런 면에서 수치심을 주는 책들은 마치 거울 같았다. 내가 차마 인정하기 싫었던 모습, 도망치고 싶었던 모습을 비추어 자신을 직시하게 해 주었다.

물론, 책 몇 권을 훑는다고 오랜 시간 천방지축이던 내가 바로 괜찮은 사람이 되는 것은 아니었다. 그래도 마지막 장에 이르렀을 때, '대화'라는 행위에 따르던 내 안의 아집을 버릴 수는 있었다. 가장 핵심적인 변화는 대화를 경쟁이나 경주 게임처럼 여기지 않게 된 것이었다. 이겨야 한다는 조바심이 옅어지자 저절로 경청이 이루어졌다. 매우 신기한 경험이었다. 남의 말을 끝까지 들어 주는 일이 세상에서 제일 힘들던 나였는데……. 주도권을 빼앗아 올 필요가 없으니 내가 더 많이, 더 빨리 말해야만 하는 이유도 함께 사라진 것이었다.

미술 작품을 논할 때, 여백도 중요한 예술적 장치로 인식되는 이유를 알 것 같았다. 작품에서의 여백이 그저 아무것도 없는 빈 곳이 아니듯, 대화에서의 경청도 그저 말이 비는 시간이 아니었다. 오히려 더 많은 말들이 더 의미 깊게 흐르기 위해 길을 내주는 시간에 가까웠다. 이전에는 입을 닫는 타이밍을 계산해 본 적이 거의 없었다. 항상 목이 간질거리는 느낌을 받곤 했는데, 내가 말을 쉬는 만큼 상대방의 이야기가 개진되어 결국 "우리의 대화"가 나아간다고 생각하니 침묵도 일종의 언어라는 걸 확실히 인지할 수 있었다.

정말 어려운 점이 있다면, 모든 대화 스킬에는 궁

극적으로 진심이 깃들어야 한다는 것이었다. 진심이란 꾸며 내지 않는 마음 상태를 의미하므로 내 멋대로 방향성을 컨트롤하기 어려웠다. 그래도 일상에서 마주 대하는 대화 상대들을 모두 진심으로 대하려는 노력은 계속해야만 했다. 신기하게도 모두에게 신경 쓰려는 노력이 모두를 이기려는 노력보단 덜 피로했다. 상대를 섬세하게 살펴야 한다는 점에서는 경쟁보다 배려가 훨씬 피곤한 일이었지만, 의외로 정신력이 급속하게 닳는 일은 아니었다. 상대방을 배려하다 보면 소모되던 마음이 어느새 다시 차오르는 경우도 많았다.

무엇보다 대화에 힘쓸수록 나는 자꾸 괜찮은 사람이 되어 갔다. 나를 둘러싼 주변의 분위기가 점차 유해져 덩달아 나도 부드러워지는 것인지, 아니면 내가 유해져서 내 주변의 긴장감도 느슨해지는 것인지 선후 관계는 알 수 없었다. 그러나 확실한 건 평판이 자연스럽게 변해 가고 있다는 사실이었다.

이전의 나는 너무 예민하고 괴팍해서 예측이 안 된다는 우려의 말을 자주 들었었다. 지인들뿐 아니라 유년기에 스쳐 간 선생님들도 늘 하던 말이었다. 하지만 이제는 특유의 불안이 사라져서 좋다는 이야기를 자주 듣는다. 예전의 나라면 그 말조차 툭툭대며 되쏘았을 것 같은데 이젠 날카롭게 굴고 싶은 생각이 들지 않는다. 친구들의 한두 마디가 평가가 아닌 응원이라는 걸 알게 되었고, 그 친구들 입장과 의도를 이해할 수 있게 되었기 때문이다.

아주 가끔, 싸가지가 집을 나가려고 할 때면 어머니의 젖은 수건을 떠올린다. 그러면 겸손한 벼처럼 절로 고개가 숙여진다. '처맞기 전에 그만두자.'는 생각이 드는 것이다. 한번 맞아 보니 맞고 나선 너무 늦다는 걸 깨달아 버린 셈이다.

지금도 난 여전히 말이 많고 여전히 짓궂은 농담을 좋아한다. 하지만 예전과는 다르다. 내 말이 누군가에게 상처가 되지 않기를, 오히려 작은 위로나 웃음이 되기를 바라는 마음으로 입을 연다. 그리고 무엇보다, 상대방의 이야기를 듣는 것이 내 이야기를 하는 것만큼이나 중요하다는 걸 안다.

30대가 되어서야 깨달은 바를 20대, 아니 10대에도 알았으면 얼마나 좋았을까, 라는 아쉬움은 여전하다. 하지만 지금이라도 알게 된 것에 감사한다. 그리고 앞으로 만날 모든 사람과 더 좋은 대화를 나누어 갈 수 있을 거라는 기대감도 크다.

애비랑 친해서 좋겠다

갑자기 트위터 알림이 하나 떴다. 누군가 내 일상 트윗에 대고 "애비랑 친해서 좋겠다."며 비아냥댄 흔적이었다. 말투는 거칠었지만 내용은 사실이라 화가 나진 않았다. 그 사람 말대로 나는 애비랑 친하고 애비를 사랑한다. 심지어 '애비'라는 단어도 좋아하는데, 자꾸 발음하다 보면 외국 여자아이 이름 '애비게일(Abigail)'의 애칭같이 느껴져서다.

나의 애비와 나는 일단 닮았다. 동글납작한 얼굴에 눈썹이 자라는 모양, 손목 발목 뼈가 굵고 몸을 좌우로 약간 흔들듯 걷는 모습까지 똑같다. 그가 나처럼 안경을 쓰고부터는 미묘한 분위기까지 비슷해졌다. 아빠가 싫었다면 닮았다는 점 자체가 싫었을 텐데 동일성을 느끼는 만큼 기분이 좋으니 내가 그를 사랑하고 있음이 분명하다.

나의 아버지가 캔자스시티에 사는 13세 애비게일이라 생각하면 상상 속 그에게서 포슬포슬한 금발이 자라나고 옷도 드레스로 바뀐다. 그런 모습이 맥없이 웃겨서 애비라는 단어를 볼 때마다 헛웃음이 난다. 어쨌든 오랜만에 나의 애비가 나로 인해 욕을 먹으니 그런 일이 일상이던 시절이 떠올랐다. 내가 우리 집의 작은 악마이던 중고등학교 시절 말이다.

부모님은 세 아이를 키우느라 너무 바빠 우리들의 학교 행사까진 챙기지 못했는데, 그래도 내가 다니는 학교에는 종종 방문하곤 했다. 원해서는 아니고 선생님들이 부르기 때문이었다. 10대라서일까, ADHD라서일까? 그때는 억울하게 혼나는 즉시 반발심이 재채기처럼 튀어나왔다. 어떨 때는 결코 웃지 말아야 할 순간에 폭소가 터졌고, 혼자 조용히

욕 같은 걸 중얼거리다 들킨 적도 있었다. 벌을 서다 복도 바닥에서 잠들거나 친구 반성문을 대필해 주다 걸린 적도 부지기수였다. 뜻하지 않게 학교까지 출두한 날이면 엄마 아빠는 어쩔 줄을 몰랐다.

"내가 정말 너 때문에 못 살아!"
"아빠 친구 아들이 집에서 또 네 흉봤댄다."

그들이 드라마 속 한 장면처럼 수치스러워할 때면 나는 내 사건의 시청자가 된 느낌이었다. 미안하고 창피하기도 했지만, 나는 어린 마음에도 관계의 양방향성을 믿었다. '부모님이 나를 키운다면 나도 부모님을 키우는 것이다. 내가 강해지길 바란다면, 그들도 마찬가지로 강해져야 한다.'는 이론이었다.

나중에 듣기로 나의 부모는 내가 강해지길 원한 적 자체가 없다고 한다. 오히려 성실을 숙이길 바랐지…… 그들은 온갖 나쁜 짓은 전부 친구들에게 배웠다는 내 평계도 믿지 않았다. 내가 친구를 물들일 아이지 친구에게 물들 아이가 아니라는 이유에서였다.

대부분의 10대 ADHD는 부모님과의 관계에서 어려움을 겪는다고 한다. 어찌 보면 당연한 일이다. 사춘기만으로도 벅찬 시기에 ADHD라는 혼란까지 감당해야 하는 소년 소녀가 어떻게 기성세대와 원만하겠는가! 만약 그런 아이가 있다면 복을 많이 받았거나, 자신이나 부모 중 어느 한쪽이 상당히 인내하는 중일 거다.

실제로 강연을 나가 보면 질의 응답 시간에 ADHD 자녀를 둔 부모님의 걱정 어린 질문이 자주 들어온다. 대부분 아이가 (부모님 입장에서) 터무니없는 장래 희망을 주장한다던가, 공부는 안 하고 애먼 관심사에만 몰두한다던가, 말버릇이 너무 사납다던가하는 내용이다. 나는 그 모든 문제가 심각하다는 데

동의하면서도 한편으론 자연스럽다고 생각한다. 게다가 어떤 문제들은 독성을 가진 성장 촉진제이기도 하다. 지독하게 쓰고 아프지만 꼭꼭 씹어 삼키다 보면 어느새 키가 훌쩍 자라 있는 것이다.

더불어 나는 늘 이 말을 하고 싶었다. 누군가 난장을 피우고 있다면 그건 그가 활력이 넘친다는 뜻이라고. 그건 그가 아직 세상에 꺾이지 않았다는 뜻이기도 하다. 그럴 때는 주변에서 조금 지켜보는 것도 괜찮다고 생각한다. 어차피 조금만 지나면 온 세상에 팽배한 괴로움들이 알아서 그의 모서리를 깎아 줄 테니 말이다. 억지로 동글동글해질 날이 곧 닥칠 테니 그 전까지는 울퉁불퉁한 날것의 삶을 즐겨도 좋지 않을까?

요즘 나는 그 시절 날것의 내가 얼마나 용감했는지를 되새긴다. 물론 그 용감함은 '생각 없음'이나 '무모함'과 맞닿아 있었지만, 동시에 어떤 틀에도 아직 맞춰지지 않은 상태라는 점에서 눈부셨다. 지금의 나는 그때처럼 울지도 웃지도 못하고, 해야 할 말과 하지 말아야 할 말을 수없이 계산하며 하루를 살아간다. 어쩌면 그 시절 나는 남에게 피해를 주는 동시에, 나 자신에게 솔직할 수 있는 마지막 기회를 누리고 있었는지도 모른다.

가끔 나라면 나 같은 아이를 키울 수 있을지 상상해 본다. 시뮬레이션은 오래가지 않는다. 당연히 못할 것 같아서다. 어른이 된 나와도 함께 살기 힘든데 어린 시절의 나라니, 도무지 감당이 안 된다. 하지만 나의 어미 아비 콤비(?)는 그 어려운 일을 실제로 해냈다. 언젠가 한번은 이 점에 대해 넌지시 인터뷰를 시도했다.

"아빠는 나 키우면서 힘들지 않았어?"
"뒈지게 힘들었지. 넌 한때 사람이 아니었고, 오죽하면 내 꿈이 널 사람 만들고 죽는 거였다."

"지금은 어떤 것 같은데?"

"사람 됐지."

"아쒸, 그럼 내 덕에 꿈 이룬 거니까 십만 원 줘."

"알겠어."

"십만 원은 이리 주고 절대 죽지는 마."

"그게 마음대로 되냐?"

"어떻게든 해 봐."

부녀지간의 관계가 평안해지기까지 참 오랜 시간이 걸렸다. 예전에는 그의 세포에서 내가 비롯됐다는 걸 믿을 수 없을 만치 싸워 댔는데 이제는 모든 걸 농담으로 치부할 수 있게 되었다. 아무리 생각해도 나 같은 아이는 키울 수 없지만 아빠 같은 아이라면 괜찮을 것 같다. 그러니 다음 생에는 나의 부모가 나의 자식으로 태어나길 바라 본다. 이번 생에는 어떻게 해도 갚을 수 없는 은혜를 그렇게나마 갚고 싶다.

모두가 너를 싫어해

중학교 시절, 나랑 싸우던 친구가 수세에 몰리자 "애들이 다 너 싫어해!"라는 폭탄 발언을 던졌다. 나는 큰 충격을 받았다. 한두 명이 나를 싫어하는 건 익숙했지만, '모두'가 나를 싫어한다니 그건 너무나 가슴이 아팠기 때문이다.

나는 즉각 싸움을 멈추고 다른 친구들에게 일일이 전화를 걸었다. 공교롭게도 아무도 받지 않았다. 나중에서야 우연이 빚은 오해라는 게 밝혀졌지만, 모두와 연락이 두절된 사이 느꼈던 고립감은 아직도 잊히지 않는다. 마치 내가 순식간에 조각나 투명 인간이 된 느낌이었다.

누구에게나 미움받는 상황에 대한 두려움이 있

다. 특히 ADHD인들은 사소한 거절이나 무시에도 더더욱 민감한 경향을 보인다. 상대방의 단순한 표정 변화나 어조 변화에도 '나 때문인가?'라는 생각이 앞서면서, 점점 나쁜 상황으로만 상상력이 치닫는 것이다. 그러다 보면 모든 관계가 불안정한 줄타기처럼 느껴지고, 상대방이 거부 의사를 밝히기 전에 먼저 끝내 버리고 싶은 생각이 들기도 한다. 어정쩡한 상태의 불안을 견디느니 확실하게 선수를 치고 싶어지는 것이다.

한때는 그런 조바심을 이기지 못해 여러 명의 인연을 떠나보냈다. 그러나 만남과 이별을 반복하며 깨달은 건, 영원한 사랑도, 영원한 미움도 없다는 것이었다. 감정의 물결은 지하철 속 인파처럼 밀려왔다가도 다시 우르르 사라지곤 했다.

인간관계 자체가 부질없이 반복되는 역동의 한 부분이라는 생각이 들 때도 있었다. 사람의 마음이란 어쩌나 간사한지, 누군가를 영원히 좋아하자는

다짐도, 미워하자는 결심도 결국에는 지켜 낼 수가 없었다. 시간이 흐르고 열이 식으면 호감도 악감정도 모두 개인사의 뒤안길로 사라져 버렸다.

감정의 속성을 깨닫고 난 후론 '모두가 너를 싫어한다.'는 말 따위도 우습게 느껴졌다. 어떻게 모두가 나를 싫어할 수 있다는 말인가? 설령 모두가 나를 싫어한다 한들, 그 상태가 영원할까? 바쁘디바쁜 현대사회에서 누군가가 나를 영원히 펄펄 끓는 온도로 미워한다면 그건 차라리 사랑이라 봐야 옳았다. 좋은 관계 또한 마찬가지였다. 상하지 않는 음식이 없듯, 상하지 않는 마음도 없었다.

나는 조금씩 다치고 나으면서 결국 여유로워졌다. 누군가의 말 한마디에 곧장 기뻐하거나 상처받기보단, 그 말이 먼 미래의 내게도 영향을 미칠지 생각해 보게 되었다. 열흘 후에도, 한 달 뒤에도, 반년, 일 년 뒤에도 여전히 기쁨이거나 상처일 것 같은 말들은 별로 없었다. 대부분의 사람과 주고받는 말들은 순간적인 상황이나 감정의 파편일 뿐이었다. 예전 같았으면 하루 종일 들뜨거나 가라앉은 채 상대방의 한마디만을 곱씹었겠지만, 지금은 모든 대화에서 조금 더 거리를 둘 수 있게 되었다.

물론 완전히 단단해진 건 아니었다. 어떤 날은 그저 말 한마디뿐임을 알면서도 단박에 주저앉을 만큼 마음이 무너질 때도 있다. ADHD의 방식으로 작동하는 내 뇌는 여전히 사람들의 표정과 눈빛, 말투에 과하게 포커스를 맞추고, 그 작은 틈 사이로 엿본 불안의 씨앗을 부풀리곤 했다. 하지만 예전과 다른 점이 있다면, 이제는 그 불안에 휘둘리기만 하지는 않는다는 것이다. 이젠 내 마음속에 두 명의 내가 있기 때문이다. 그건 무너지는 나와 그런 나를 바라보는 나였다.

내면에 관찰자 역할을 하는 자아를 따로 설정해

두면서부터는 혼란 상황에서도 스스로와 대화가 가능해졌다. 내가 만든 관찰자의 목소리는 냉정했지만 비판적이진 않았다. 그는 어디까지나 나와 나 사이의 균형을 맞추는 조력자였기에, 내 자아에 손상을 주는 식으로는 기능하지 않았다.

나는 섬세하게 노력하면 자기 자신과도 친구가 될 수 있다는 걸 깨달았다. 원한다면 내 안에 무수한 친구들을 만들고 '나'들끼리의 관계를 유지할 수 있다고 믿었다. 그러자 세상 사람들의 시선과 말들이 나에게 끼치는 영향력도 자연스레 줄어들었다. 온갖 소리로 속이 시끄러울 때마다 외로움을 느끼는 빈도도 줄었다.

이제는 더 이상 누군가의 한마디로 나의 가치를 매기지 않으려 한다. 모든 관계는 흐르는 물처럼 변하며, 영원한 것은 없다는 사실을 받아들인다. 다짐의 힘이 약하다는 걸 안다. 아무리 마음을 갈무리해도 때로는 외로움이 찾아오고, 때로는 예기치 않은 상황에 흔들리기도 할 것이다. 하지만 그런 순간에도 내 안의 관찰자 '나'는 고요히 나를 지켜보고, '이것 또한 흘러가리라.'는 지혜를 속삭여 주리라 믿기로 했다.

정작 가장 어려운 건 이 모든 깨달음을 일상에서 실천하는 것이었다. 머리로는 이해했지만 몸은 여전히 예전 방식으로 반응했다. 누군가 나를 스쳐 지나갈 때의 미묘한 표정, 단톡방에서 내 말에 아무도 반응하지 않을 때의 적막, 약속을 취소당했을 때의 순간적인 민망함. 이런 작은 순간마다 내 안의 민감함은 경보음을 울렸다.

특히 힘들었던 건 직장에서였다. 회의 중에 내가 한 제안이 조용히 묵살될 때마다 '역시 내 아이디어는 별로구나.'라는 생각이 머리를 스쳤다. 동료가 나와 눈을 마주치지 않고 인사할 때면 '내가 뭔가 잘못했나?'라는 의심이 꼬리를 물었다. 관찰자인 내가 아무리 "그냥 바쁜 거야, 너와는 상관없어."라고 속

삭여도, 감정적인 나는 이미 찜찜한 채로 하루를 보내곤 했다.

그러던 어느 날, 나는 새로운 접근 방식을 시도해 보기로 했다. 감정을 억누르거나 관찰하는 것에서 한 발 더 나아가, 그 감정들과 친구가 되어 보는 것이었다. 불안이 찾아오면 "안녕, 불안아. 또 왔구나."라고 인사를 건넸다. 서운함이 밀려오면 "서운함아, 오늘은 왜 이렇게 일찍 왔어?"라고 말을 걸었다. 이상하게도 감정들을 손님처럼 맞이하자 그들의 힘이 한결 약해졌다.

당연히 완벽한 방법은 아니었다. 여전히 예민한 날들이 있었고, 때로는 감정의 폭풍우에 휘말려 며칠을 보내기도 했다. 하지만 조금씩, 정말 조금씩 변화가 생겼다. 예전 같으면 일주일을 끌고 갔을 상처가 하루 만에 아물기 시작했다. 남의 말에 흔들리는 시간이 점점 짧아졌다.

무엇보다, 나는 내가 혼자가 아니라는 걸 깨달았다. 세상에는 나처럼 예민하고 섬세한 사람들이 생각보다 많았다. 모두가 각자의 방식으로 상처받고, 회복하고, 다시 일어서며 살아가고 있었다. 그 사실만으로도 충분히 위로가 되었다.

이제 나는 안다. 완전히 단단해질 필요도, 모든 상처에서 자유로워질 필요도 없다는 것을. 때로는 무너지고, 때로는 일어서는 것이 인간다운 모습이라는 것을. 그리고 그 모든 과정에서 나와 함께하는 내 안의 목소리들이, 결국 나를 가장 잘 이해하고 사랑해 줄 수 있는 친구들이라는 것을 말이다.

상실의 연대기

고등학생 때 사귀던 창수 집에 가면 늘 그 애의 엄마가 계셨다. 우리 엄마랑은 다르게 일을 나가지 않고 집에서 살림만 하는 엄마였다. 또래 친구들 어머니는 대부분 첫눈에 날 안 좋게 보던데 창수 어머니에겐 그런 편견도 없었다.

본인은 딸이 없어서 항상 너무 아쉽고 적적했다며 만난 순간부터 반가워해 주셨다. 딸부잣집에서 자란 나로서는 오히려 그 반응이 신기했다. 우리 집에선 발에 채는 게 딸이라 딸이란 이유만으로 귀하게 여겨지진 않았던 것이다.

창수 집에 드나들며 맛있는 걸 몇 번 얻어먹은 후 나는 완전히 경계심을 풀었다. 창수네 아줌마가 날

진심으로 좋아한다는 걸 피부로 느끼게 된 것이었다. 지금 생각해도 참 밝고 귀여운 분이었다. 10대인 나보다 더 소녀 같은 구석이 있었는데, 웬일인지 친자식인 창수는 자기 어머니의 그런 면을 좋아하지 않았다. 항상 어딘가 들떠 있고 작은 일에나 큰일에나 천진난만한 모습을 푼수 같다 여기는 것 같았다. 나는 속으로 호강에 겨워 요강에 빠진 놈이라고 생각했다.

당시 우리 엄마는 고슴도치처럼 예민해서 가까이 다가가기만 해도 닿은 곳이 따가웠는데, 창수는 그런 살얼음판 위를 디뎌 본 적 없으니 제가 복 받은 줄도 모르는 게 분명했다.

언제부턴가 학교 끝나고 창수 집으로 향하는 게 자연스러운 코스가 되었다. 집 안에 들어서면 창수는 곧장 자기 방에 들어가 컴퓨터 게임을 켰고, 나는 식탁에 앉아 아줌마랑 간식을 먹으며 학교생활에 대한 이런저런 수다를 떨었다. 오늘은 선생님이 어쨌고 친구가 저쨌고 하는 얘기를 떠들고 있자면, 내게도 속마음을 터놓고 싶은 욕구가 있다는 사실이 새삼 신기했다.

아줌마는 별 내용도 재미도 없는 싱거운 얘기를 성심성의껏 들어 주었다. 그러면서도 함부로 비난하거나 충고하거나 나의 어떤 점을 문제 삼으려 들지 않았다. 다만 깔깔깔 웃거나 "야아~ 왜 그랬어!" 하는 식의 추임새를 사이사이 넣는 식으로 이야기의 흥을 돋울 뿐이었다. 당시엔 그런 산뜻한 어른이 있다는 것 자체가 충격이었다. 내 안에서는 점점 아줌마를 놓치기 싫다(?)는 조바심이 커졌다. 그에 반비례하듯 창수에 대한 애정은 시들었는데, 내가 걔를 좋아하고 말고는 이제 별로 중요하게 느껴지지도 않았다.

창수가 마이크 달린 헤드셋을 낀 채 불통의 세계로 가 버리면 우리 둘이서만 마트 구경을 가거나 아파트 단지 산책을 할 때도 있었다. 아주 가끔은 차를 타고 아줌마의 사소한 볼일들을 함께 보러 다녔다. 나는 그런 순간들이 정말로 좋았다. 그녀의 아들과 나의 어머니가 없는 곳에서 아줌마랑 시간을 보내고 있자면 우리가 한 가족인 것만 같았고, 그런 상상은 묘한 배덕감과 한량없는 기쁨을 동시에 가져다주었다.

나는 죄책감에 혼란스러울 때마다 오히려 서커스단 원숭이처럼 굴며 아줌마를 웃기려고 애썼다. 서슴없이 깔깔 웃는 아줌마를 보고 있자면 나도 웃음이 났고 가라앉은 기분도 어느새 다시 떠올랐다.

그렇게 아줌마에게만 열중하던 나는 얼마 안 가 결국 남자 친구에게 차이고 말았다. 이유가 뭐였는지는 기억도 나지 않는다. 다만, 이별 통보를 받던 순간만큼은 또렷하다. 우리 헤어지자 어쩌고 하는 문자를 본 순간 내가 떠올린 것은 아줌마와의 영화

약속뿐이었다.

공교롭게도 그날은 처음으로 집이 아니라 시내 멀티플렉스에서 아줌마를 뵙기로 한 날이었던 것이다. 나는 고물 핸드폰을 쥔 채 교실에서 부들거렸다. '아 이 새끼 하루만 참지, 하필 오늘 초를 치나……!' 하는 원망이 절로 들었다. 종일 쌓아 왔던 기대감이 무너지는 동시에, 문득 내가 아줌마의 연락처도 모른다는 사실을 깨달았다. 앞으로 창수가 자기 엄마를 만나게 해 줄 리도 없으니 아줌마와는 이토록 허무하게 끝인 셈이었다.

나는 그 생이별이 너무도 속상해 밤새 울었다. 뜨거운 눈물이 쉼 없이 팡팡 솟아서 얼굴을 데는 것만 같았다. 창수의 눈 코 입은 시시각각 희미해져 가는데 아줌마의 웃는 얼굴만은 그렇지 않았다. 나는 심지어 두렵기까지 했다. 창수 그 자식이 우리의 헤어짐을 어떤 식으로 전했을지 알 수가 없어서였다. 엄마와의 대화를 원체 귀찮아했으니 지 유리하게 둘

러대고 말았대도 이상하지 않았다. 내 이야기가 나쁘게 전해졌으면 어쩌나, 그래서 아줌마가 "어머 그 애 내가 참 잘해 줬는데 알고 보니 배은망덕한 애였네!" 하고 오해하면 어쩌나 걱정되어 한숨도 잘 수 없었다.

그러나 불행은 거기서 끝이 아니었다. 창수에게 너무도 빨리 새 여자 친구가 생긴 것이었다. 복도에서 다정히 팔짱을 끼고 걷는 두 사람을 본 순간 명치에서 고통스러운 불꽃이 튀었다. 창수는 아무래도 좋았다. 그 애가 오늘 당장 급식에 나온 돈가스 중 제일 두툼한 조각과 결혼을 한대도 내 알 바 아니었다. 하지만 '이젠 저 여자애가 매일 아줌마와 웃고 지내겠구나.' 생각하는 순간 몹시도 외롭고 서러워졌다. 나는 오랫동안 상실감이라는 단어를 마음속에 머금고 다녔다. 상실감에 대해 배우기 위해 너무 많은 기쁨과 슬픔을 지불한 것 같은 기분이었다.

그 후로는 의식적으로 그리고 무의식적으로 똑같은 일을 만들지 않으려고 노력했다. 누굴 사귀어도 그 사람의 부모님까진 만나 뵙지 않았고 애인의 형제자매들과도 거리를 유지했다. 그런데도 제2의 아줌마 사태는 벌어지고 말았다. 다만 이번 대상은 사람이 아니었다는 사실이 조금 달랐다.

그 귀여운 강아지의 이름은 빵실이였다. 윤기 나는 털이 온몸에 빵실빵실해서 그런 이름이 붙게 되었다. 빵실이 견주와도 언젠가는 헤어지게 되리란 대전제를 명심해야 했건만 나는 그 작은 생물체에게 속절없이 마음을 빼앗기고 말았다. 그렇다. 내가 마음을 준 것이 아니라 빵실이가 내 마음을 훔친 것이었다. 유독 다리가 짧아서 어떻게 걷든 종종걸음이 되고 마는 그 개를 나는 너무너무 사랑했다.

실제로 빵실이 견주와의 사이도 금방 파투가 났다. 어떤 친구들은 한 사람을 5, 6년 내리 사귀기도 한다는데 나는 왜 누굴 만나든 죽도 밥도 안 되는지 이해할 수가 없었다. 그러나 그것보다 더 이해가 안 가는 건 이제부턴 빵실이를 만날 수 없다는 사실이 었다. 사귀는 동안엔 나도 정성으로 돌봤는데, 그럼에도 내게는 빵실이의 대한 권한이 하나도 없었다. 내 애도 아닌데 뺏긴 듯한 기분이 지독했다. 그리고 허탈했다.

그 후로도 몇 번의 이별을 거치면서 나는 비슷한 상실을 거듭했다. 사람이 떠나가면 사람만 잃는 게 아니었다. 상대방이 멋대로 몰고 다가와 나를 물들였던 그 세상까지 다시 빠져나가는 것이었다. 고작 몇몇을 만나고 헤어졌을 뿐인데 어느새 나는 늙고 지친 채 무채색의 인간이 되어 있었다. 실제로 나이를 먹기도 했지만 마음까지 늙어 버린 건 분명 사람들이 드나들며 너무 많은 손상을 남긴 까닭이었다.

그래도 희망적인 건 확실히 배움 없는 고통은 없다는 사실이었다. 나는 창수네 아줌마 때 너무 슬펐던 까닭에 그 후로 다시는 그만큼 슬프지 못했다. 내가 아줌마를 사랑했던 건 아닌 듯한데 그 어떤 사랑도 그만하지 못하다는 건 좀 의아한 일이다. 사랑보다 무서운 게 있다면 정이겠거니, 내가 그때 창수네 아줌마와 주고받은 것도 그것이겠거니 짐작할 뿐이다.

나의 추하고
아름다운 실패들

마음이 복잡할 때면 국어사전을 검색하곤 한다. 사전 속 건조한 단어 해석이 마구 범람하려는 슬픔을 막아 주기 때문이다. 2023년에는 '실패'라는 단어의 뜻을 특히 많이 찾았다. 내가 지금 처한 상황이 실패일까, 아닐까 하는 판단이 자주 필요했다. 실패는 명사로 '일을 잘못하여 뜻한 대로 되지 아니하거나 그르침'이라는 뜻이다. 이 풀이에 따르면 나의 365일은 거의 매일 실패로 수렴된다. 뜻한 대로 될 때가 하루도 없으니 나라는 사람 자체를 실패자라 명명해야 마땅할 것이다.

올해 난 대형 사고를 많이 쳤고 수습 과정에서 소중한 돈과 시간과 에너지를 부지기수로 잃었다. 정해 둔 마감 기일을 지키지 못해 계약을 해지하기도 했고, 써 둔 원고를 제대로 간수하지 못해 몇 주치 작업물을 통째로 날린 적도 있었다. 너무 위험하게 투자하는 바람에 큰돈을 손해 보기도 했고, 그 와중에 충동적 소비나 계획 없는 지출로 돈을 더 낭비하기도 여러 번이었다. 건강 관리가 안 되어 난생처음 대학병원 신세를 지기도 하고, 감정 조절이 잘 안 돼 소중한 사람에게 상처를 준 적도 많았다. 그럴 때마다 내 잘못을 돌아보기보단 남 탓이나 환경 탓을 했던 것 같다. 딱히 가진 것도 없는데 그나마 쥐고 있는 것들마저 전부 손아귀를 빠져나가는 느낌이었다. 스스로 초래한 불행 속에서 나 자신을 사랑하기 힘들었다. 사랑은커녕 작가로서 갈고닦은 언어적 기술을 내 욕하는 데 전부 쏟아부은 나날이었다.

그런데 반복하다 보니 실패에도 요령이 붙기 시작했다. 실패 자체를 성공으로 바꾸는 마법적 능력이 생긴 건 아니었다. 다만 남의 판단과 조언이 끼어들기 전 가장 먼저 나의 사건들에 자의적 해석을 붙일 순 있었다. 자의적 해석이란 별것 아니고, 실패를 인식한 후 나만의 기준으로 라벨링을 해 버리는 작업이었다. 점수를 매기거나 순위를 정하거나, 복구에 드는 비용을 산정하는 등 몇 가지 숫자를 이용하면 쉬웠다.

반복되는 실패들은 점점 일상성을 획득해 갔다. 모든 실패가 다른 실패들과 어울려 그리 특별하지 않은 일이 되어 갔다. 나는 이제 크고 작은 실패가 벌어질 때마다 '또다시 뜻대로 되지 않았고 결국 뭔가를 그르쳤구나.' 생각한 후 그냥 살아간다.

세상은 의외로 단단한 곳이라, 나 하나 막 산다고 큰일이 벌어지지도 않았다. 내가 나를 놓아 봤자 그 사실이 대단히 티가 나지도 않았다. 나는 여전히 우리 엄마 아빠의 둘째 딸이었고, 누군가들의 소중한 친구였으며, 어딘가의 학생이자 직원이었다. 내 몫으로 지정된 세금도, 학자금 대출 금액도 매달 똑같았다. 내가 나를 구원하는 데에도 한계가 있었지만, 망치는 데에도 한계가 있었다.

요즘은 주변인들에게도 '그냥 아무런 이유 없이 당당하게 살라.'는 말을 자주 한다. 그들이 털어놓는 고민이 귀찮아서가 아니다. 행복하게 살기 위해선 실패를 근거로 스스로에게서 자격이나 권리를 박탈하는 습관부터 버릴 필요가 있다. '나 같은 건 밥 먹을 자격도 없어.' '난 사람 대접받을 권리가 없어.' 과거의 내가 가장 재미있어 하던 자기 비하 표현이었다.

저런 말들을 뱉으며 안도감을 느낄 때도 있었다. 모든 걸 내 잘못이라 인정하는 순간, 더 이상 머리 아픈 현실에 저항하고, 다투고, 시시비비를 가릴 필요가 없어지는 것이다. 그러나 모든 게 불편한 상황에서도 마음만은 편하다면 그거야말로 뭔가 잘못

되고 있다는 증거였다. 실패는 죄가 아니다. 불쌍한 인간의 전유물도 아니다. 그러니 실패로써 불쌍한 인간을 자처할 이유도 없는 것이었다.

물론 아무리 좋게 생각해도 실패를 축복으로 여길 순 없다. 그러나 세상 끝난 듯한 불행으로만 인식할 필요도 없지 않을까. 이제는 나의 실패들이 나라는 사람을 설명하는 데이터의 일종이라고 생각한다. 실패는 '무엇이 필요했는가?' '무엇을 시도했는가?' '그리하여 무엇을 잃었는가?'에 대한 심도 있는 답변이 될 뿐이다. 실패에 내포된 정보와 행동 동선을 좇다 보면 나도 모르는 사이 다음 액션이 결정되기도 한다. 자연스레 아직 실패하지 않은 또 다른 방식들이 가장 상위로 떠오르는 것이다.

실패에 집중하고부터는 성공에 대한 결벽적인 갈망도 많이 줄었다. 예전에는 한 번도 실패하지 않고 단숨에 거머쥐는 성공에서 희열을 느꼈는데, 이제는 이런저런 패배감 속에서 마침내 피어오르는 작은 성취감에 더욱 큰 가치를 둔다. 실패한 후 곧바로 비슷한 실패를 해 버린대도 후회는 없다. 반복되는 실패에서도 읽어 낼 수 있는 데이터가 풍부하기 때문이다.

이를테면 나라는 사람의 어쩔 수 없는 본능이나 성향, 취향 같은 것들이랄까. 이제는 나의 어쩔 수 없는 측면들을 누르기보다 충족시키려는 연습을 하고 있다. 스스로에게 "안 돼.", "하지 마.", "참아." 같은 부정적 지시어 대신 "마음대로 하되 책임을 져라."라는 한 가지 지침을 주는 식이다.

연말을 앞두고 한 해 동안의 크고 작은 실패들을 돌아보며 최소한 저것들만큼은 온전한 내 것이구나 생각한다. 아이러니하게도 실패에는 이상한 안정감이 있다. 성공하면 누구나 그 성공을 어떻게든 깎아내리려 눈을 부라리거나 시기하고 빼앗으려 들지만 실패는 아무도 욕심내지 않는 것이다. 내 것 하나 없는 세상에서 유일하게 내 것이라고 말할 수 있는 게 실패라면, 역시나 실패를 너무 미워할 필요는 없지 않을까? 그렇다면, '실패'의 정의를 다르게 해볼 수 있었던 올해는 성공했다고 볼 수도 있는 것 아닐까?

아무도 묻지 않은
고민 상담

안녕하세요, 정지음입니다. 오늘은 고민 상담 코너를 열어 봤는데요, 사실 주인 있는 고민들은 아니고 제가 첫 책 《젊은 ADHD의 슬픔》을 내고 많이 들었던 질문들을 추려 보았어요.

Q) 아무래도 제가 ADHD 같은데 병원에 가야 할까요?

A〉 이 질문을 정말 많이 하십니다. 그러면 당연히 저는 병원에 가 보시라는 말씀을 드리는데요, 질문자님이 완전 ADHD 같아서라기보다 누가 아프다 하면 "병원 가 봐~" 하는 게 현대인의 바람직한 대화 매뉴얼이라 그렇습니다. 제 입장에서는 귀중한

독자님들이 물으시는데 "병원 가지 마세요! 왜 가요? 한번 참아 보세요!" 이럴 수가 없잖아요? 저는 잘 다니면서……. 그래서 이 질문에 대한 제 대답은 정해져 있습니다. 그리고 전 사실 전 국민이 ADHD 검사 한번은 받아 봐야 하지 않나 싶은데, 왜냐면 생각보다 ADHD가 너무 흔해서 그렇습니다. 유병률이 낮지가 않아요. 3명 중 1명은 ADHD 성향을 가진다고 보는 학자도 있습니다. 물론 ADHD는 스펙트럼 질환이라 증상이 있다고 모두가 약을 먹거나 치료를 받아야 하는 건 아니지만요.

Q〉 공부를 잘하는데도 ADHD일 수 있나요?

A〉 공부 잘하는 ADHD도 엄청 많습니다. 고학력자 ADHD도 많고요. ADHD는 흥미와 집중을 조절 못할 뿐 학습 능력 자체가 없는 게 아닙니다. 개인적으로 ADHD와 성적을 연결 짓는 사회적 시선이 우

려스러운데요, 공부 못하는 ADHD가 자기만의 학습 방법을 찾을 기회도 없어지고, 반대로 성적이 좋은 ADHD가 질환을 발견할 기회도 없어지기 때문입니다. ADHD도 그냥 사람이라 이런 사람 저런 사람 다 있습니다. 일례로 저의 ADHD는 몸치, 길치, 방향치 기질까지 포함하지만 안 그러신 분들도 정말 많아요.

Q〉ADHD 판정을 받았습니다. 제 인생 망한 걸까요?

A〉걱정마세요, 전혀 망하지 않았습니다. 그런데 재밌는 건 이 질문 자체가 엄청 ADHD답다는 것이죠. ADHD가 자주 빠지는 심리적 함정 중에 '파국적 사고'라는 게 있는데요. 예를 들면 오늘 애인이랑 헤어졌어요. 근데 "난 아마 평생 혼자 외롭게 늙어 죽겠지." 이런 결론으로 치닫는 거죠. 단 한 명과 한 번 헤어졌을 뿐인데도요. ADHD의 근본적 고통은

도무지 자기 생각대로 살아지지 않는다는 데 있습니다. 희망도 절망도 마찬가지인 것 같습니다. 마냥 희망적으로 보려 해도 그렇게만 되지 않고, 마냥 절망적으로 생각해도 그렇게는 되지 않죠. 우리는 인생을 앞질러 볼 수가 없습니다. 그러니까 너무 부정적인 생각이 들 때면 '인생이 내 생각대로 될 리가 없다.'는 걸 되새기셨으면 합니다.

Q〉ADHD에겐 어떤 직업이 잘 맞을까요?

A〉ADHD가 좋은 쪽으로든 나쁜 쪽으로든 개성적이잖아요? 내 고유한 개성을 60% 이상은 보장해 주는 직업이 좋은 것 같습니다. 무슨 말이냐면 직업 생활은 어느 정도 나를 놓아야 하는 일이잖아요. 근데 내가 나를 포기하는 부분이 너무 커도, 너무 없어도 사회생활이 고통이거든요. 그니까 60% 정도의 나를 갖고 일할 수 있는 곳을 찾으시길 바라는

마음입니다. 직장에 내 자아를 너무 빼앗기면 오래 못 가고요, 내 자아로만 똘똘 뭉쳐 일해도 오래 못 갑니다. 악으로 버틴다 해도 반드시 탈이 나더라고요. 제 가장 큰 본성이자 개성이 야행성인데요, 저는 아침 활동이 너무 힘들고 오전에는 제정신이 안 들어요. 처음에는 고칠 수 있을 줄 알았습니다. 근데 잠 모자란 회사원으로 20대 다 보내고 결국 프리랜서 합니다. 억지로 간 길로는 결국 돌아오게 되는 거 같아요. 인간의 어떤 특징들은 사소해서 오히려 더 지배적인 것 같습니다.

Q〉 사소한 실수가 너무 많아 미칠 것 같아요.

A〉 일단 너무 공감이 되고요, 이 부분은 '실수를 안 하는 내가 되자.'라는 결심을 하기보다는 실수해도 괜찮은 환경을 만드는 데 주력하는 게 좋은 거 같아요. 실수가 용납되면 오히려 실수가 줄어드는데 '절

대로 실수하면 안 된다.' 이 생각은 필히 실수를 만듭니다. 실수를 소환하는 마법의 주문이죠. ADHD의 본질이 노력으로 조심이 안된다는 거잖아요? 그래서 본인에게 금기를 많이 주면 더 망하는 것 같아요.

예를 들어 내일 외워서 해야 하는 발표가 있어요. 그러면 전날에 막 이를 빡빡 갈면서 "절대 버벅거리면 안 돼, 대사를 잊어서도 안 돼, 순서가 틀려서도 안 돼." 다짐하잖아요. 그러면 당일에 백발백중 대사 다 잊고 버벅거리면서 순서도 틀려요. 차라리 내일 만약 버벅거리면 할 말, 대사가 생각 안 나면 할 말, 순서가 틀렸을 때 할 말 이런 거 생각해 놓는 게 낫거든요. 실수해도 빠져나갈 수 있는 방법을 많이 익히는 것이 ADHD 삶의 셀프 복지인 것 같습니다. 어차피 인간의 의지는 허상입니다. 중요한 건 빈틈을 보완할 수 있는 시스템이지요.

Q〉 ADHD의 삶에서 가장 중요한 건 무엇일까요?

A〉 '재미'입니다. 우리는 재미가 없으면 살아갈 수가 없습니다. 이건 ADHD 특유의 도파민 체계와도 연관이 깊겠지만 어쨌든 저는 평생을 재미라는 것에 미쳐 살아온 것 같아요. 뭘 하든 재미있느냐 없느냐가 절대 기준이기 때문에 인내심과 능률의 변동 폭이 크기도 한데요. 재미만 있다면 내일 당장 시시포스가 되어 돌만 굴리고 살 수도 있겠지요. 그러나 재미가 없다면 세계 1위 슈퍼맨으로 살아도 의미가 없습니다. 사실 다른 사람들도 크게 다르지 않다고 생각해요. 재미를 구성하는 층위가 너무 복잡 다양해서 그렇지(쾌락, 성취, 승부, 과시, 기쁨, 행복 등등) 결국 산다는 게 재미를 획득해 나가는 일의 반복인 듯합니다.

오로지 재미만을 맹목적으로 추구하다 보면 재미 없는 상황에서도 재미를 찾아내는 요령이 생겨요.

저는 웃음이 너무 많아서 안 웃긴 상황에서도 계속 웃을 일을 찾아다니는데, 그러다 보니 재미가 선형적인 개념이 아니라 순환적인 개념이란 생각이 들더라고요. 흔한 말로 "행복해서 웃는 것이 아니라 웃어서 행복한 겁니다." 이런 상태? 저는 우울증을 겪을 때도, ADHD 진단받고 내 삶은 망했다고 여길 때도, 죽고 싶다는 생각에 시달리진 않았는데요. 그게 내가 아직 못 본 재미가 너무 많은데 모르고 가기 아까워서인 것 같아요. 이 세상은 거대한 재미 뷔페 같은 건데 뷔페라는 게 배 터지게 먹어도 집에 갈 때 아쉽고 배 꺼지면 또 생각나고 그렇잖아요. 남들만큼 못 먹으면 손해 같기도 하고. 어떻게 보면 재미가 화폐처럼 느껴지기도 해요. 심리적 재화라고 할까요. 진짜 일말의 재미도 없는 불행이 닥쳤을 때 흉곽 은행에 쌓아 놓은 재미가 많다면 그걸로 조금쯤 상쇄해 볼 수 있습니다.

Q〉 ADHD로 인해 타인의 비난을 듣게 될 때, 대응법이 있나요?

A〉 저는 어릴 적부터 누구한테 혼나거나 비난을 당할 때마다 이 지루한 시간들을 어찌하면 좀 더 흥미롭게 보낼 수 있을까 궁리했어요. 왜냐면 상대방은 처음 하는 말이겠지만 저는 맨날 듣는 말이라 새롭지가 않았거든요. 그래서 흥미롭게 혼나겠단 결심을 하게 됐어요. 상대방을 무시하는 게 아니라 저만의 존중법이에요. 상대방 말에 흥미가 있으면 머리로 들어오는데 흥미가 없으면 아예 들리지가 않으니까요.

일례로 '비밀번호 486작전'이란 것이 있습니다. 〈비밀번호 486〉이라는 노래의 "하루에 네 번 사랑을 말하고 여덟 번 웃고 여섯 번의 키스를 해 줘."라는 가사에서 착안한 저만의 방식인데요. 상대방의 네 번째 말에 "죄송합니다." 한 번, 여섯 번째 말에 "드릴

말씀이 없습니다." 한 번, 여덟 번째 말에 나를 위한 변명 한 번을 하는 것으로 혼나는 시간을 견디는 거지요. 웃긴 건 숫자를 세다 보면 까먹는다는 것입니다. 그래서 변명까지 못 하고 지나갈 때가 많은데 묵묵히 듣고 있으면 그래도 양심은 있는 아이구나, 라는 소리를 듣지요.

내 것 하나 없는 세상에서

유일하게 내 것이라고 말할 수 있는 게 실패라면,

실패를 너무 미워할 필요는 없지 않을까?

열몇 살 정지음에게

어린 나에게 편지를 쓰자니 수도 없는 메시지가
떠오르고 부서진다. 앞으로의 인생사를 전부 떠벌
려 편하게 해 주고 싶기도 하고, 냅다 호통치며 겁
이나 주고 싶기도 해. 그치만 비트코인 사라는 재미
없는 말만은 절대로 하고 싶지 않다.

정지음, 너는 돈에 미쳤지만 돈을 전혀 다루지 못
해. 크게 쥐면 더 크게 해 먹을 위인이니 차라리 근
근이 살아가는 게 안전할 거야. 그리고 돈 많으면
네가 글을 쓰겠냐? 돈만 쓰겠지. 할 줄 아는 거 딱

하나인데 그조차 안 하게 될 바엔 일확천금 따위 없는 게 낫다. 사실 넌 실제로도 엄청나게 근근이 살고 있어……. 거의 빈털터리고……. 아마 지금의 내 계좌를 본다면 머리채를 뜯고 싶어지겠지……. 사실 나는 뜯어도 좋다고 생각해. 돈은 없지만 머리숱은 많으니까 말이야.

중요한 건 모발 밀집도보다 머릿속일 텐데……. 사실 네가 네 머릿속 개떼라 생각한 것에도 ADHD라는 이름이 있단다. 주의집중력결핍 과잉행동장애라는 풀네임까지 들어 보면, 개 한 마리가 아니라 개'떼'였던 것도 능히 이해가 되지. 저 표현은 뭐랄까, 명석해 보이진 않아도 문학에 발 걸친 사람 같긴 해서 맘에 들어. 어쨌든 너는 그 소란스러운 개떼를 길들이려고 고용량 정신과 약까지 먹으며 고생하는데 큰 효과는 못 봐. 삶에는 생각보다 기적이랄 게 없고, 너는 대부분 날들에 스스로를 통제하지 못하고, 현대 의학도 네가 뒤처진 만큼 발전하진 않더라. 기적도 실패, 치료도, 뼈를 깎는 노력도 필패이니 산다는 건 역시 소모적이고 쩨쩨한 일 같다. 너는 결국 서럽고 사납게 살다 야생의 정지음으로 클 뿐이야.

열심히 자라서 고작 정지음이 된다니, 열몇 살의 너에겐 실망스러운 얘길지도 모르겠다. 하지만 가진 것 없는 정지음에게 오로지 실망과 희망을 다루는 능력만이 생긴다면 어떨까? 덕분에 어떤 왕도 아닌 채로 자기 자신이라는 유일한 세상 하나만 다스리고 산다면. 어린 날의 너를 괴롭히던 ADHD도 이제는 재미없는 놀잇감이 되었다면 믿을 수 있을까? 네 삶의 모든 불쾌와 불리함이 종국에는 우리가 쓴 책들의 몇 페이지로 정리된다는 걸…… 스포일러가 되더라도 꼭 말해 주고 싶었어.

그러니까 당장은 미래가 안 보여도 너무 걱정하지 마. 왜냐면 미래는 열어 가는 거지 엿보는 게 아니거든. 그리고 우리는 더 깜깜한 과거를 기억하고 있잖아. 삶은 매 순간 끝없는 등수 싸움인데 우리는 어쩐지 이긴 적이 없었잖아? 언제나 평균 이하, 아래쪽 평균의 더 아래 퀴퀴한 곳이 우리의 자리였고, 때문에 무수한 모멸감을 견뎌야만 했지. 어떤 방면에서도 1등이 되지 못하는 아이. 2, 3등은커녕 22등이나 33등에도 닿아 보지 못한 바보. 두 글자로 줄여서 간단히 '꼴등'이라 불리는 존재가 우리였어. 뒤처진다는 건 익숙해져도 슬픈 일이야. 결국 익숙해지기에 슬픈 일일지도 몰라.

그런데 1등이 되긴 어려워도 등수에 연연하지 않기는 쉽더라. 이기고 싶을 때마다 누구를 어떻게 이길 건지보단 왜 이겨야 하는지를 생각해 봐. 스스로에게 자랑스러워지는 길이 너를 제외한 나머지 모

두가 패배하는 방식밖에 없는지 말이야. 사실 그런
건 아무 소용없거든. 남들을 이기고 싶은 기분에서
이기는 것, 그것만이 유일한 승리야. 행복해지고 싶
다면 네 인생의 승부를 너랑만 보는 습관을 들이길
바라. 그래야만 번번이 지는 삶도 즐거울 수 있을
테니까…….

때로 정지음의 인생을 오래 봐 온 사람들은 어
린 너와 다 큰 나를 비교하며 "사람 됐다.", "철 들었
다."는 평가를 하기도 해. 너에서 나로 흐르는 시간
동안 내가 더 좋은 사람이 되었단 거겠지. 난 이게
어른 정지음의 업적이라기보단 어린 정지음에게 진
빚 같아. 애초에 네가 나쁘지 않았다면 나도 좋아지
지 못했을 거야. 네가 이 인생의 악역이 되어 준 덕
분에 지금의 나는 선역만 맡고 살아. 요즘은 사람들
이 내게 칭찬을 건넬 때마다 내가 실은 하나도 안
변했다는 생각을 자주 해. 착하다, 잘한다는 말 들

어 보니까 나는 사실 어릴 때부터 착하고 잘하는 아이 아니었을까 싶어. 다만 아무도 몰랐던 거지……. 나에게 정말 부족했던 건 존재 가치가 아니라 존재감 아니었을까? 이 부분에선 어쩔 수 없이 회한이 들어. 아무도 모르는 나를 나만은 알아줬어야 했는데 말이야. 나는 뭐가 그리 무섭고 뭐가 그리 미워서 가장 연약할 때의 나에게 돌팔매질을 한 걸까?

자학이 최선이었던 시절은 너무 슬프지만…… 그렇다고 슬픔에 너무 비장해질 필요도 없는 거 같아. 깊은 슬픔은 폭소만큼 자연스러운 현상이잖아. 너 혹시 '자연스럽다'는 말의 본질을 아니? 내 생각에 그건 '흘러간다'는 속성 자체야. 어차피 흘러갈 건데 눈물 따위 뭐 어떻고 웃음은 또 어때. 아무것도 영원하지 않으니 울 일 있으면 차라리 빨리 울어버려. 눈물샘에 쌓인 재고를 다 털어야 슬픔도 차차웃음으로 흐르겠지. 생각 없이 웃다 보면 또 슬퍼지겠지만 그 또한 아침이 저물고 밤이 오듯 당연한 일일 거야. 밤의 결론은 어차피 아침이라는 것만 잊지 말렴.

실제로 지금 내 방 안에서는 5만 원짜리 인공 태양이 발광하고 있어. 얼마 전 예산에 맞춰 급하게 구한 집 창문으로는 햇빛이 하나도 안 들거든. 옆 건물이 어찌나 가깝게 붙어 있는지 비바람이 불 때 빗물조차 못 들이치더라. 초반엔 옆 건물 폭파시키는 상상만 했는데 나름대로 가성비 괜찮은 해결책을 발견한 거야. 5만 원으로 대충 볕인지 뭔지 모를 빛을 쬐고 50억(이 훨씬 넘을) 옆 건물의 평화까지 수호했으니 나는 만족한다. 너도 힘들 때마다 얼기설기 위로가 되어 주는 임시방편들을 수집하며 살길 바란다. 큰 문제라고 큰 노력을 기울일 필요는 없다. 오히려 너무 필사적인 노력이 네 삶을 더 해괴망측하게 만든다면 그땐 노력을 버려야지.

지음아, 너라면 미래의 네가 쓴 글을 여기까지 읽지도 않겠지만 그래도 중요한 얘기 하나만 더 할게. 솔직히 나이 든 정지음이 네 덕 보려고 살아 있는 거겠냐? 어린 네가 쳐 놓은 사고들 수습하려고 살아가는 거겠지. 그러니까 나중 생각한답시고 찌그러지지 말고 매일 너를 펼칠 생각만 해라. 너무 혼란한 삶에선 촘촘한 규칙이 오히려 변수더라. 그럼 나 회사 늦어서 이만 쓴다. 한 번만 더 지각하면 사회적 교수형이라 네가 아니라 너희 부모가 와도 더 이상의 시간은 할애할 수 없다. 그럼 안녕. 잘 지내다 어느 틈에 만나자.

나이 든 네가

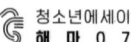
청소년에세이
해마 07

망하는 데도
**한계는
있다**

2025년 11월 28일 처음 찍음

글 정지음 ┃ **펴낸곳** 도서출판 낮은산 ┃ **펴낸이** 정광호
편집 강설애 ┃ **디자인** 소요 이경란 ┃ **제작** 세걸음

출판 등록 2000년 7월 19일 제10-2015호
주소 10881 경기도 파주시 회동길 216, 202호
전화 02-335-7365(편집), 02-335-7362(영업)
팩스 02-335-7380
홈페이지 www.littlemt.com
이메일 littlemt2001ch@gmail.com
인스타그램 @little_mt2001
제판·인쇄·제본 상지사 P&B

ⓒ 정지음 2025

ISBN 979-11-5525-185-0 43810